棄てられた元聖女が幸せになるまで　2

呪われた元天才魔術師様との同居生活は甘甘すぎて身が持ちません!!

アディルブックス

Character

ファティア・ザヤード（17）

元聖女。孤児院で暮らしていたときに治癒魔法が使えるようになり、聖女として子爵家の養女になる。けれど、なぜか力を失い、屋敷を追い出されてしまう。

ライオネル・リーディナント（22）

元第一魔術師団の団長。天才魔術師として列国まで名を馳せていたが、呪詛魔道具のせいで呪われ、魔力量は減り、魔法を使うと体に激痛が走るようになった。

ロレッタ・ザヤード（16）

子爵令嬢。ファティアの義理の妹で、ある日突然、微弱だが聖女の力を得る。

ハインリ・ウォットナー（22）

第一魔術師団の副団長。ライオネルとは王立魔法学園のときからの友人。

アシェル・メルキア（22）

メルキア王国の第二王子。民のことを一番に考え、多くの者に慕われている。

レオン・メルキア（24）

メルキア王国の第一王子。民を顧みず、愚策を繰り返す。ロレッタの婚約者。

リーシェル・マグダイト（20）

公爵令嬢でアシェルの婚約者。

Contents

第13章　『元聖女』は『第二王子』に驚愕する……005

第14章　『元聖女』は『元天才魔術師』と作戦を立てる……032

第15章　『元聖女』と『元天才魔術師』は婚約披露パーティーに潜入する……054

第16章　『元聖女』は『第二王子』の危機を救う……081

第17章　『偽物聖女』は『第一王子』に懇願する……105

第18章　『元聖女』は『元天才魔術師』と決意する……111

第19章　『元聖女』は『元天才魔術師』と軟禁先に踏み込む……131

第20章　『元聖女』は『第一王子』に脅される……151

第21章　『元聖女』と『元天才魔術師』は信じ合う……166

第22章　『聖女』と『天才魔術師』は愛を示す……190

第23章　『聖女』と『天才魔術師』は真実を知る……211

第24章　『聖女』と『天才魔術師』の幸福……232

番外編 1　その姿の上目遣いは攻撃力が高い……238

番外編 2　愛妻弁当と苦労人のハインリ……251

番外編 3　幸せのプリン……259

第13章 『元聖女』は『第二王子』に驚愕する

ライオネルに全てを打ち明けてから、二週間が経った日のこと。

食後のデザートにプリンを作ろうかなとファティアが準備に取りかかっていると、突然背後からライオネルに抱き締められた。

「ひゃっ」

「働きすぎだから、邪魔しに来た」

腹あたりに回されたライオネルの腕が、卵を掴んだファティアの手をするりと撫でる。

ファティアはいきなりのことでピクンと体を弾ませて、卵を落としそうになった。

だが、ライオネルの空いている方の手が、その卵を間一髪で掴んだ。

それからライオネルは、ファティアの顔を覗き込むようにして、耳元で囁いた。

「一回休憩しよう？」

「～～っ、ち、近くありませんか……!?」

「そう？　これでも抑えてるつもりだけど。何ならもっと過激に邪魔しようか」

「……⁉」

（抱き締めるより過激に、って何……⁉）

……そもそも、邪魔するにしたって口で言えば済む話なのでは？

という前提はさておき、ファティアは早くライオネルの提案に従った方が身のためだと本能的に感じたため、こくこくと首を縦に動かす。

そんなファティアに、ライオネルはくつくつと笑った。

ライオネルの吐息が何度も耳に触れ、ファティアは恥ずかしさで全身から火が噴き出しそうだ。

「良い子だね。……あ、今日も着けてくれてるんだ」

ライオネルの手がファティアの首元に伸び、ペンダントに優しく触れた。

ファティアは俯いていて、ライオネルの表情を窺い知ることはできない。

けれど、ライオネルの声色により、彼が嬉しそうに顔を綻ばせていることは想像に難しくなかった。

「……いただいた日から、毎日欠かさず着けてます。というかライオネルさん、朝一にも同じこと言ってませんでしたか……？」

「……うん。だって嬉しいから。よく似合ってるよ、ファティア」

ライオネルの素直な言葉に胸がドキドキしつつも、礼を伝えようとしたそのときだった。

「……っ、あ、ありがとうござ――」

ライオネルはペンダントを手に取り自身の口元に運ぶと、ちゅ、と口付けたのだった。

「……なっ⁉」

「ごめん。最近、俺、浮かれてるんだよね」

「は、はい……⁉」

「ファティアがあんなに俺のこと考えてくれてたんだって思ったら、こう……ね？　仕方ないと思わない？」

「私に聞かないでください……！　それと、この前のことは一旦忘れてください……！」

ファティアが聖女の力を取り戻したいと思ったのは、ライオネルの『呪い』を解きたいからだった。

そのため、ライオネルにこれまでの全てを話し、更にペンダントを取り返す覚悟を決めたのだ。

それらについては一切後悔はしていない。

……していない、けれど。

（ここまで嬉しそうに言われると、恥ずかしい……！）

ファティアは羞恥で全身が熱くなるのを感じながら、少しだけ顔を傾けてライオネルと視線を合わせた。

「あんまり意地悪ばっかり言うと、プリン作りませんよ……！」

「えっ。これ、プリン作ろうとしてたの？」

「そうですよ！　ライオネルさんが喜ぶかなと思って……。冷やすのに少し時間がかかるので早めに作らないと……」

「邪魔してごめん。むしろ作るの手伝う。何すればいい？」

ライオネルは、ファティアを抱き締めていた手をパッと離す。

「鍋いる？　卵いくつ必要？」と目をキラキラさせながら聞いてくるライオネルに、ファティアは苦笑いを零した。

（ふふ、甘いものに目がない……。けど少し寂しいかも……本当はもう少しだけ抱き締めていてほし——って！　私ったら何を考えてるの……！）

自身のことを打ち明けてからというもの、元々距離感の近かったライオネルのスキンシップは、より一層激しくなった。

ソファに座るときは肩がぴったりくっつくくらいの距離に座ってくるし、買い物に出かければ所謂恋人繋ぎを当たり前のようにされるし、家にいるときは暇さえあれば抱き締めようとしてくる。

（こんなことをされたら、期待しない方がおかしい……。けれどだめ！　立場もそうだけど……私はライオネルさんを『呪い』から救い出すの！　今はそれだけを考えないと……！）

今にも溢れ出しそうになる『好き』という気持ち。

それを必死に心の奥底に追いやったファティアは、ライオネルとプリン作りを始めた。


――同日の午後。

「美味しい。美味しすぎる。ファティア天才。ありがとう」

「本当……これは、中々上手にできました！　ライオネルさんが手伝ってくれたおかげですね」

午前中に仕込んであったプリンを昼食後のデザートに食べるライオネルは、スプーンを運ぶ手が止まらないようだった。

(見事な食べっぷりだなぁ……)

しかし、我ながら今回のプリンは良いできだ。

ライオネルの前の席でファティアもプリンを口に運び、舌鼓を打つ。

すると、突如として床に現れた魔法陣に、ファティアは目を見開いた。

「ライオネルさん、これって……」

眩く光る青白いそれは、以前ハインリが組み込んだ、転移魔法が発動したときと同じものだ。

ライオネルは一瞬怪訝な顔をしてから、魔法陣の近くへと歩いていく。

もちろん、プリンは綺麗に食べ終え、「ありがとう、ご馳走さま」の言葉は忘れなかった。

「手紙ですか……？」

ライオネルに続いてファティアも魔法陣の元に向かえば、床には白い封筒が一つあった。

ライオネルはそれを手に取ると、差出人をちらりと確認する。

それから急いで封筒をナイフで開けると、手紙を読み始めた。

(真剣に読んでいるみたいだし、私は先に片付けでもしようかな)

そう考えたファティアは、空になったプリンの器やスプーンをキッチンへと運び、洗うためにスポンジを手に取った。

すると、ライオネルが大きくため息をついた。

「どうしたんですか？　何か困ったことでも……？」

「……うん。あの方は思い立つとすぐに行動するところがあるから困る」

「……？　あの方……？」

あの方という表現からして、手紙の差出人はハインリではないのだろう。ライオネルのハインリに対する態度は中々に雑だ。

そもそも、何故転移魔法で手紙が送られてきたのだろうか。

以前、転移魔法が使用されたのは、ハインリが魔道具を送ってくれたときだ。

壊れかけとはいえ魔道具は貴重なので、転移魔法を利用するのは理解できるが、手紙ならば郵便を利用すればいいというのに。

それほど急を要したのだろうか。

「あの――」

――チリン。

ファティアが疑問を口にしようとすると、その声は来客を知らせるベルの音によって掻き消された。

「……ハァ、もう来た」

「誰が来たか分かるんですか？」

もしや、ライオネルが先程言っていた『あの方』だろうか。

ファティアが考え事をしながら洗い物をしていると、ライオネルは玄関に向かいながら視線だけをファティアに向けた。

「ファティア、来客にびっくりしてお皿を割っちゃうかもしれないから、洗い物終わりにしよう。ていうか、あとで俺がやるから、置いておいてね。ありがとう」

「いえ、これくらい……！」

「家事は分担。――それにまた、洗い物増えるだろうし」

(あっ、なるほど、お客様にお茶をお出しするものね)

ハインリに対してライオネルが率先してお茶を出したことはなかった。

それ以前に、早く帰れという感じだったが、どうやら今回は違うらしい。

（『あの方』かぁ。誰だろう……。そもそも、ライオネルさんがここにいるのを知ってる人って確か、ハインリさんと第二王子殿下……。え、まさか……!?）

流石に考えすぎだろうか。とある人物を頭に思い浮かべたファティアは、息を呑んでから玄関に視線をやる。

そこには、申し訳なさそうな顔をしたハインリと、彼に続いて入ってきた金髪碧眼の男性の姿があった。

「やあ、ライオネル久しぶりだね。それに君はファティアだったかな？　初めまして。メルキア王国第二王子——アシェル・メルキアだよ。突然すまないね」

青色の装飾の付いた白色を基調とした装いに身を包んだアシェル。

プラチナブロンドから覗く碧眼は美しく、こちらを見る眼差しは穏やかなものだった。

「ファ、ファファファ、ファティアと申します……！」

王族が挨拶しているのに突っ立っていてはまずいと思ったファティアは、慌てて頭を下げた。

すると、アシェルは「ふふ」と楽しそうな声を零した。

「良さそうなお嬢さんだ。ハインリから大方の話は聞いているから、楽にしてくれ。——聖女様。ああ、今は元聖女様と呼んだ方がいいのかな？」

「……!?」

アシェルに元聖女であることを指摘され、ファティアはこれでもかと目を丸くした。

ライオネルは額に青筋を立て、気まずそうな表情をしているハインリを睨み付ける。

「ちょっとハインリ。一回話そうか？　それとも魔法でめったために痛め付けてやろうか？

ファティアが聖女だってことは秘密にしろって言ったの忘れた？」

「ヒィィ！　ライオネルすみません、これには訳がぁぁぁ!!」

ゴゴゴォ、と背後に禍々しいオーラを纏ったライオネルがハインリに詰め寄る。

ハインリは顔面蒼白で、アシェルに縋るような目を向けた。

アシェルはそんなハインリを見かねたのか、小さく息を吐いてから、ライオネルに向かって説明を始めた。

「数日前、お前からの手紙をハインリが届けてくれた。兄上の婚約披露パーティーに参加させてほしいという旨が書いてあったけど、流石に素性の知れないファティア《彼女》を言われるまま参加させることはできないよ。だからハインリにちょっと脅しをかけて《お願いして》、ファティア嬢の素性について話してもらったんだ」

（アシェル殿下……！　それ絶対、お願いじゃない……っ！）

アシェルの作り物のような美しい笑顔にそんなことを思ったファティアだったが、口にすることはなかった。

王子に軽口を叩くなんてできないというのが一番の理由だが、立場云々は関係なくともアシェルには従わなくてはならないと本能的に悟ったからだった。

ライオネルは今の説明に一応納得したようで、ハインリに圧力をかけるのはやめ、アシェルに向き直った。

「……遅くなりましたが、ご足労いただきありがとうございます、アシェル殿下」

「うん。急にごめんね。急遽予定が空いてさ。こういうことは、直接話した方がいいだろう？ちょうどハインリも予定が空いていたから、今日しかないと思ってね」

「……そうですか」

急な来訪に謝罪しながらも、アシェルは「一応ハインリに転移魔法で事前に手紙は送らせたから問題ないよね？」と言って笑顔を見せる。

（やっぱり、さっき届いた手紙はアシェル殿下からのものだったのね……。おそらく来訪を告げる手紙だったのだろうけれど、来る直前に届いても意味がないというか……）

ファティアと同じようにライオネルもそう思ったのだろう。ライオネルは一瞬怪訝な顔を見せる。

しかし、アシェルの有無を言わせない笑みに、ライオネルの顔は徐々に困ったものへと変わっていった。

（こんなライオネルさんは珍しい……。可愛い……って、そうじゃない！）

お客様――アシェルとハインリが来ているのに、そう思っている場合じゃないだろう。

ファティアは頭をぶんぶんと横に振る。

（あら？）

そんなファティアは、アシェルの後方に人影があることに気付いた。

アシェルとハインリ以外にも来客がいるのだろうかとライオネルに目配せを送る。

すると、ライオネルはファティアのその行動の意味を察したのか、コクリと頷いた。

「アシェル殿下、外は寒いですし、玄関先で立ち話も何ですから、どうぞ入ってください。それに、マグダイト様も」

（マグダイト様？）

ライオネルがそう言うと、アシェルは後方に手を差し出した。

「それなら早速お邪魔させてもらおうかな。リーシェルもおいで」

「はい。失礼いたします」

リーシェルと呼ばれた女性は、アシェルにエスコートをされて玄関内に入ってくる。

歳の頃は二十歳前後だろうか。腰あたりまであるプラチナブロンドは艶やかで、整った顔つきはまるで人形のようだ。

優しい声色と、線の細い美しい立ち姿には、育ちの良さが滲み出ていた。

「ライオネル・リーディナント様はお久しぶりですね。ファティア様はお初にお目にかかります。マグダイト公爵家長女の、リーシェル・マグダイトと申します。アシェル様の婚約者です。

ファティア様が聖女様であることは、アシェル様からお聞きしています」

「……!? えっと、あの……」

アシェルの存在だけで頭がいっぱいいっぱいだというのに、そこに公爵家の令嬢であり、アシェルの婚約者のリーシェルの登場だ。

雲の上の存在が二人になったことで、ファティアの緊張は限界突破し、体がピシリと固まってしまう。

「ファティア」

「……っ、ライオ、ネル、さん……」

そんなファティアの手を、ライオネルは優しく掴んだ。

「そんなに緊張しなくて大丈夫だよ。アシェル殿下もリーシェル様も味方だから」

「……っ」

緊張で握り締めていたファティアの拳は、ライオネルの優しい声掛けと、彼の心の温かさのような手の感触によって、解きほぐされていく。

「は、はい……！ ありがとうございます！」

「ううん。むしろ突然のことで驚くのは当然。……全部ハインリが悪い」

話を振られたハインリは、ビクンと肩を揺らした。

「私ですか……!? 何でぇぇぇ!? そもそもライオネル！ 貴方、アシェル殿下やリーシェル様の前でもイチャイチャしすぎでは……!?」

「ハインリうるさい」

「ははっ！　お前たちは相変わらず仲が良いね」

そんなアシェルの言葉を最後に、ライオネルは三人をリビングに通した。

ライオネルと共に紅茶の準備をするためにキッチンに立っているとき、ファティアはアシェルたちには聞こえないように、とある疑問を口にした。

「そういえばライオネルさん、『呪い』のことって、リーシェル様はご存知なのですか？　以前、『呪い』について知っているのは国王様とハインリさん、それとアシェル殿下だけだと仰っていたので……」

おそらく、アシェルたちが来訪した理由は、今度行われるレオンとロレッタの婚約披露パーティーの話をするためだろう。

しかし、その話をするにあたって、ファティアが元聖女であることと、ライオネルが『呪い』にかかっていることは切っても切り離せない。

ファティアが元聖女であることは先にアシェルから聞いていると先程リーシェルは言っていたが、果たして『呪い』のことは知っているのだろうかと、疑問に思ったのだ。

「うん。リーシェル様も前から知ってるよ。魔道具と呪詛魔道具をすり替えた人物が誰なのかを、アシェル殿下と一緒に探ってくれてた。リーシェル様の名前を出さなかったのは、アシェル殿下と一括りにしていたからかな。あの二人って昔からずっと一緒で、何ていうか、二人で一つって感じなんだよね」

「な、なるほど……！　ありがとうございます！」

納得したファティアは、キッチンからリビングに視線を移し、アシェルたちを見る。

（二人で一つか……。確かに、アシェル殿下とリーシェル様って、本当に仲が良さそう）

互いを見つめる目は、大切で仕方ない相手に向けるものだ。王族や貴族の婚姻には政略的なものが付き纏うと思っていたが、どうやら二人はそうではないらしい。

相思相愛のアシェルたちを見て心を和ませたファティアは、待たせてはいけないからと急いで紅茶の準備を再開した。

「じゃあ、本題に入ろうか」

全員がテーブルについてから少し経った頃。

ティーカップをソーサーに戻したアシェルは、そう口火を切った。

ファティアは背筋を伸ばし、隣に座るライオネルと一瞬目を合わせる。

それから、向かいに座るアシェル、リーシェル、ハインリに視線を戻した。

「私とリーシェルが今日来たのは、お前たちが兄上の婚約披露パーティーに参加するにあたって、いくつか話したいことがあったからだ」

アシェルは「まず確認しようか」と言って、ライオネルから送られてきた手紙の内容を話し始めた。

「婚約披露パーティーでロレッタ嬢が聖女の力を披露するため、兄上は何らかの方法で私が重体に陥るような危害を加える可能性が高い。だから、ライオネルは婚約披露パーティーに参加し、私の護衛に当たる。ファティア嬢も婚約披露パーティーに参加し、聖女の力を取り戻せる可能性がある、ロレッタ嬢に奪われたペンダントを取り戻す。……ということで合ってる？」

「ええ、その通りです」

ライオネルがそう返事をした隣で、ファティアもコクリと頷いた。

どうやら、母の形見であるペンダントが聖女の力を復活させる可能性が高いということまで、アシェルは知っているらしい。

ライオネルが事前の手紙で伝えてあったのだろう。

「お前たちの婚約披露パーティーへの参加は私の方でどうにかする。隣国に留学に行った際の学友を招待した、とでもすれば問題ないだろう。……私だって命は惜しいしね。それに、リーシェルを悲しませたくはない。ライオネルには悪いが……いざというときは頼むよ」

「はい。心得ています」

少し眉尻を下げるアシェルに、ファティアも胸が痛む。

ライオネルが魔法を使えば『呪い』が発動してしまい、ライオネルが苦痛に苛まれることになるとアシェルが知っているからだろう。

『呪い』は、ライオネルはもちろん、ライオネルを大切に思っている人のことも傷付けるのだと、ファティアは改めて痛感した。

(絶対に『呪い』を解く……っ、そのためにもペンダントを取り返さなきゃ……！)

そう心に決めたファティアだったが、とある疑問が頭に浮かんだ。

「あ、あの、アシェル殿下。無礼を承知でお聞きしたいことがあるのですが……」

「ああ、構わないよ」

快諾してくれたアシェルに対して、ファティアは問いかけた。

「私もライオネルさんも、レオン殿下たちに顔が知られてしまっているのですが、どう対処したらよろしいでしょうか？」

「それなら問題ない。そのあたりは私の魔法でどうにかしよう」

「……！　殿下も魔法が使えるのですか……!?」

「ああ。ライオネルのような強力なものではないが、割と器用でね。こんなことができる」

そう言ってアシェルは自身の顔に手をかざすと、何やら呪文のようなものを唱える。

すると、アシェルが手を退けた瞬間、彼の顔は全く別の人物の顔へと変わっていたのだった。

「……えっ!?　ど、どうして……」

ファティアが目を見開く一方で、ライオネルやハインリ、リーシェルは驚く様子は一切なかった。

「水魔法でうすーく顔の周りに別の顔を作ってるんだよ。自分以外にもこの魔法をかけることができる。変装よりも安全にパーティーに入り込むことが可能だろう」

「す、凄いです……！　見せていただき、ありがとうございます！」

「とはいえ、感触が肌とは違うから、触られたら怪しまれるけれどね」

アシェルは欠点も話すが、パーティーに参加するための方法としては全く問題ないだろう。

パーティー参列者と肩がぶつかったり、手が当たったりすることはあるだろうが、顔を触られるなんてそう起こることではないからだ。

「これは俺にもできないんだよね。アシェル殿下の器用さには本当に驚かされる」

感心したように話すライオネルに続いて、リーシェルが口を開いた。

「ふふ。たまにハインリ様のお顔にこの魔法をかけて、遊んでいらっしゃるのは少し困りますけれど」

「リーシェル様！　ご存知ならばお助けくださいっ……!!」

「ハインリ、リーシェルの鼓膜が破れる。黙るように」

「ア、アシェル殿下までぇ!!」

それから婚約披露パーティーの話をもう少し詰めたあと、ライオネルはこの前の王都での騒動――レオンが護衛を使ってファティアを攻撃し、それをライオネルが返り討ちにしたことについての話を始めた。

「そういえば、あのときのことは騒ぎにならなかったんですか？　俺やファティアに捜索命令を出されたりは……」

「その心配はいらないよ。私は少し前から兄上を見張るよう密偵を送り込んでいるから事の概要は全て知っているが、王城や貴族内には広まっていない。おそらく兄上からしても、あまり広めたいものではないのだろう」

ため息交じりに話すアシェルに、ファティアは確かにそうだと思った。

レオンはあの騒動のとき、ライオネルに逃げるか死ぬかの選択を迫られ、逃げることを選んだ。

婚約者であるロレッタを守る素振りもなく、誰よりもいち早く。

事情はどうあれ、あれは王族としても、一人の人間としても大変情けない姿だった。

あのときのレオンの様子――醜態が広まれば、次期国王にと推してくれている貴族たちに悪い影響を及ぼすかもしれない。

レオンはそれを危惧して、護衛の騎士やロレッタに口を閉ざすよう命じたのだろうと、ファティアは考えた。

（……ライオネルさんに報復されることを恐れて黙っている可能性もあるけれど）

それはファティアの知るところではない。

とにかく、この前の騒動が大事になっておらず、ライオネルに迷惑をかける結果にならなかったことに、ファティアはホッと胸を撫で下ろした。

　すると一方で、アシェルは真剣な面持ちで、深く頭を下げた。

「……ライオネル、ファティア嬢。先の件、すまなかった。愚兄のせいで取り返しの付かないことになるかもしれなかった」

「あ、あ、あ、頭を上げてください……っ！」

「そうです。殿下のせいではありません。それに、この前の件で一つ、確信を持ちました」

　ライオネルの言葉に、「確信……？」とキョトンとした表情を見せたのはハインリだ。

　リーシェルも気になるのか、僅かに眉がピクリと動いた。

「俺が魔法を使う姿を見て、レオン殿下は『どうしてそんなに強力な魔法を使えるんだ……のろ──』と言っていました。最後の言葉は間違いなく『呪い』でしょう。……あの言い分から察するに、俺の魔力がかなり減少していることを確信している様子でした」

　ライオネルが何を言わんとしているかを理解したファティアは、堪らず息を呑んだ。

「……やはり、兄上がライオネルに呪詛魔導具を送るよう画策した犯人で間違いないだろうな。私とリーシェル、ハインリの調べでも、その線が濃厚だ。ただ、追及するには少しばかり決め手に欠ける」

　──そう。アシェルの言う通り、いくらレオンが怪しい発言をしていても、それだけで罪に問うことはできない。

相手はこの国で最も高貴な血を受け継いだ、王子の一人だ。

アシェルの立場であっても、レオン自身が罪を認めたり、証拠が出てきたりしない限りは、強硬手段は取れない。

「だからこそ、今度の婚約披露パーティーは、兄上の悪事の尻尾を掴む絶好のチャンスとも言える。兄上の婚約者も偽物聖女の疑いがあるのだろう？　もしも偽物ならば、何かしら対処をしなければな」

最悪の場合、命を落とすかもしれないというのに、婚約披露パーティーを絶好のチャンスと話すアシェルは、あまり恐怖を覚えていないのだろうか。

(王族としての責務の方が大切なのかな。育ってきた環境が全く違う私には、その感覚は分からない……)

ただ、アシェルの言葉に僅かに表情を曇らせたリーシェルの気持ちは、少しだけ分かる。

婚約者のアシェルが危ない目にあうかもしれない未来が、心配で堪らないのだろう。

ファティアだって、ライオネルが命を狙われるかもしれないなんて状況だったら、平然としてはいられない。

(けれど、リーシェル様はアシェル殿下を止めずに、見守ることを選んだのね)

今だって、リーシェルはほんの少しの動揺を見せただけで、すぐさま平静を装った。

それは、危険な状況から逃げてほしいという願いを自分の胸に押し込んで、アシェルを支える道を選んだ証拠だ。

（リーシェル様、強いな……。格好良い……）

リーシェルの気丈な姿に、ファティアはそんなことを思う。

（強いといえば……この前のライオネルさんの魔法はやっぱり強力だった気がする。魔力が全盛期の十分の一に減ってるって言っていたけど……もしかして回復してる？）

ファティアは不思議に思ったが、向かいの席から聞こえる大きなぐぅ～という空腹を知らせる音に、疑問は掻き消された。

「すみません……！　何て間の悪い！」

顔を真っ赤にして、ハインリはお腹を手で押さえた。

「ハインリ、お前凄いよ。逆に凄い」

「ライオネル、その何の感情もこもってない目はやめてください……！　それならいっそのこと罵倒してくださいぃぃ!!」

「……ハァ、ほんとにうるさいね」

「ふふ」

相変わらず仲の良いライオネルとハインリに、ファティアはつい笑みが零れた、そのときだった。

「さて、謝罪も済んだことだし……。リーシェル、頼んでいいかい？」

「ええ、もちろんですわ。そのために来たんですもの」

アシェルとリーシェルが何の話をしているのか分からないファティアは、小首を傾げた。

「ファティア様、突然ではありますが、今から少々お時間をいただけますか？」

「は、はい！　もちろんです……！　何でしょう!?」

ファティアが即座にそう返すと、リーシェルは真剣な眼差しを向けた。

「では今から、私と少しレッスンをいたしましょうか」

「レ、レッスン……？」

◇◇◇

現在、ライオネルは椅子に腰掛けながら、アシェルやハインリと共にとある光景を見ていた。

「ファティア様！　背筋を伸ばして！　視線は遠くに！　歩幅は小さく！」

「はっ、はい……！」

ライオネルたちの目に映るのは、リビングの開けたスペースで、リーシェルがファティアの姿勢や歩行の指導を行っている姿だった。

ファティアは先程まで履いていた靴から、以前ライオネルが買ってあげたヒールが高い靴に履き替えて挑んでいるが、どうやら苦戦しているようだ。

「ファティア様！　背筋が曲がっていますわ！　やり直しです！　それに、いくら当日は魔法でお顔が変わるとしても、表情はファティア様本来のものが反映されます！　にこやかに！」

「は、はい！」

――事の発端は数分前。

リーシェルがファティアにレッスンを勧めたことが始まりだった。

婚約披露パーティーには、多くの貴族が参加する。

それも、第一王子の婚約披露パーティーとなれば、来賓たちの身分も高く、皆が当たり前のように貴族教育を施されている。

そんな中、長らく孤児院で過ごし、ザヤード子爵家の養女になってからも、まともな貴族教育を受けられていないファティアが参加したらどうなるか。悪目立ちするのを想像するのは容易だろう。

事情があるにせよ、ファティアはアシェルの友人として参加するのだ。

そのため、最低限の姿勢や歩き方、表情くらいはマスターしなければ、アシェルに恥を掻かせることになる。

ということで、リーシェルはファティアのレッスンを行うために、今日わざわざ来てくれたらしい。

(ファティア、大丈夫かな)

少し歩いてはリーシェルに指摘を受けるファティアを、ライオネルは心配そうに見つめる。

本来、パーティーに参加するならば、貴族の名前を覚えたり、言葉遣いや食事のマナー、その他諸々の所作のレッスンも行う方がいい。

しかし、婚約披露パーティーまで残り一ヶ月と十日しかない。この場に来られるのが今日しかないこともあって、美しい姿勢や歩き方だけでもファティアが身に付けられるよう、リーシェルの指導には熱が入っていた。

「ファティア様！　遠くです！　歩くときは遠くを見るのですわ！」

「はいっ、リーシェル様……！」

「また！　背筋が曲がっていますわ！　もう一回！」

「はい……！」

リーシェルの指導についていくファティアは大変そうだけれど、どこか楽しそうにも見える。

（ファティアは学ぶことが好きだからな。……とはいえ、本当に偉いな）

魔術師団の団長だった頃、ライオネルは度々パーティーに出席することがあった。

貴族出身ではなく、人混みをそれほど好まないライオネルは乗り気ではなかったけれど、アシェルに出席するよう命じられたら、従うほかなかったのだ。

（まあ、そのおかげである程度の所作や、貴族との関わり方は学んだけど）

ライオネルからしてみれば、その学びは不可抗力の成果だった。

だから、何にでも前向きに学ぼうとするファティアの姿は、ライオネルには眩しかった。

（……ファティア、頑張れ）

ライオネルはフッと口角を上げて、慈しむような目でファティアを見つめる。

すると、そんなライオネルを見たアシェルは、悪戯好きの少年のようにニヤニヤと口元を緩ませた。

「ライオネル、まだファティア嬢に気持ちは伝えていないのか？」

「はい……？」

ファティアとリーシェルには聞こえない程度の小さな声でそう尋ねるアシェルに、ライオネルは顔を顰めた。

（このお方の察しが良いところ、どうにかならないかな）

何をきっかけに気付いたかは知らないが、どうやらアシェルには、ライオネルのファティアへの好意はバレてしまっているらしい。

直接的な言葉はなかったけれど、アシェルのニヤニヤした表情からして間違いないだろう。

「うっ、ゔん……！」

「……」

わざとらしく咳払いするハインリも鬱陶しい。顔を真っ赤にしながらも、チラチラこちらを見てくる姿もだ。

「……ハァ」

堪らず、ライオネルからため息が漏れる。

この場を黙秘でやり過ごしたいが、ハインリはまだしもアシェルがそれを許してくれないだろう。

（仕方がないな）

ライオネルはファティアを見つめながら、小さく口を開いた。

「ファティアは今、母親の形見を取り戻すことで頭がいっぱいのはずです。そんな彼女の邪魔はしたくないので、ペンダントを取り戻したら、ちゃんと伝えるつもりです」

「……へぇ。美しいと有名なご令嬢や人懐っこい部下から告白されても、一切靡《なび》かなかったお前がね。……ま、応援するよ」

ニヤニヤとした表情から一転し、嬉しそうに微笑むアシェル。

「私も応援しますよ……！」とキリッとした表情を見せるハインリ。

そんな二人の様子を視界の端に捉えたライオネルは、照れくさそうに下唇を噛むと、おもむろに立ち上がった。

「お茶のおかわりを準備してきます」

ライオネルがそう言うと、続いてハインリも立ち上がった。

「それでしたら、私も手伝います……！　これでもお茶を入れるのは中々得意でして！」

「因みにお前のおかわりはないよ、ハインリ」

「何でぇぇ!?」

それから、ライオネルはハインリと共にキッチンに向かい、紅茶のおかわりの準備をし始めた。

「……全く、喧嘩するほど仲が良いってね」

ライオネルたちの様子を見てアシェルはそう呟くと、次はファティアとリーシェルを視界に収める。

「……うーん」

そして、愛おしい婚約者ではなく、ファティアをじっと見たアシェルは、悩ましい声を零したのだった。

「ファティア嬢……。どこかで見た気が……。どこだったかな――」

第14章　『元聖女』は『元天才魔術師』と作戦を立てる

アシェルとリーシェル、ハインリが訪問してきた日から、約一ヶ月が経ったとある日の午後のこと。

ファティアは頭の上に本を載せた状態で、スタスタとリビングを歩いていた。

「ファティア、一ヶ月前とは見違えるくらい、姿勢も歩き方も良くなったね。それに、余裕が出てきたからか、顔も強張ってないし」

「本当ですか……!?　リーシェル様の教えのおかげですね……！」

リーシェルにレッスンを受けた日から一日もサボることなく、ファティアは美しく歩くための練習をこなしていた。

その成果が出たのだろう。

ここ数日はヒールの高い靴を履いて歩いても体がブレることがなく、美しい姿勢もほぼ無意識に保てるようになった。

リーシェルに『これができたら合格よ』と言われていた、本を頭の上に載せた状態での歩行も成功し、これなら婚約披露パーティーで悪目立ちせずに済む。

「もちろんリーシェルの教え方も上手かったんだと思うけど、一番凄いのはファティアでしょ。毎日頑張ってたもんね」

「いえ……！　アシェル殿下のご友人という形でパーティーに参加させていただくんですから、頑張るのは当然です！」

「……そこまで頑張れるのは、当然のことじゃないんだけどなぁ」

ライオネルは微笑しながらそう言うと、ソファから立ち上がる。そして、ファティアの傍まで歩くと、彼女の頭に手を置いて、よしよしと撫で始めた。

「とにかく、お疲れさま。ファティアが何と言おうと、ファティアは偉いよ」

「そ、そんな……！　本当に褒められるようなことでは……！」

「はは、強情。俺のためだと思って、今は素直に褒められててよ。……ね？」

「……っ」

蕩けてしまいそうな優しい笑みを向けられて、ファティアの胸はきゅんと音を立てた。

(ライオネルさんが、優しくて……格好良すぎる……！　こんなふうに見つめられたら、す、す、す……って、だめ！)

自分ではライオネルに相応しくないからとか、特別な感情を抱いてはいけないと、これまで何度も思ってきた。

いや、厳密に言えば、今だってそう思うこともある。

……けれど、今は何よりも、聖女の力を取り戻すこと、そしてライオネルの『呪い』を解くことに集中しなければとファティアは思うのだ。

（この気持ちは、一旦胸の奥にしまっておかなくちゃ）

もしも、ネックレスが取り戻せたら。

もしも、ライオネルの『呪い』を解くことができたら。

そのときは――。

（きちんと、自分の気持ちに素直になろう）

ファティアはそう決意したのだが、未だに頭を撫で続けるライオネルに、いつまでこの感情を隠し通せるのかと不安になった。


――同日の夜。

夕食後、少しの時間魔法の修行をしたファティアは、お風呂に入った。

体を清め、手足の先までしっかりと全身を温める。それから、この家で暮らすようになった当初にライオネルが買ってくれたネグリジェに袖を通した。

「えへへ、やっぱり、何度見てもこのネグリジェ可愛いなぁ」

ファティアは浴室を出たすぐ傍にある鏡越しに、身に着けているネグリジェを見つめた。

ファティアの瞳の色を少し淡くしたような、エメラルドグリーン色のもこもことした生地。

胸元もしっかり守られ、丈も足首まであって暖かい。

ウエストは白いリボンで少し絞られていて、このリボンに施されている花の刺繍がまた可愛らしい。

ファティアはこのネグリジェがとてもお気に入りだった。

「ライオネルさん！　お風呂いただきました……！」

そのため、いつもよりもるんるんとした足取りで、脱衣所からリビングへと向かい、ライオネルにそう声を掛けた。

「うん。ちゃんと髪は乾かした？」

いつもよりラフな装いのライオネルが、ソファに浅く座り、問いかける。

ファティアはライオネルに後ろ姿を見せて、乾いた髪の毛をアピールした。

「はい！　この通り、問題ありません！」

「はは、ならよかった」

ライオネルはそう言うと、おもむろに立ち上がり、キッチンに向かった。

「作戦会議さ、お茶でも飲みながらやらない？」

婚約披露パーティーまであと十日足らずということで、ファティアとライオネルは夕食時、どうやってネックレスを取り戻すかの作戦会議をあとでしようと約束をしていたのだ。

「いいですね……！　けれどライオネルさん、それなら私が入れますから、休んでいてください」

「だーめ。毎日ファティアは家事に魔法の修行、歩行のレッスンまでやってるんだから、今くらい休憩して」

「でも、ライオネルさんだって……！」

家事は料理以外は分担してくれているし、魔法の修行にも付き合ってくれている。

それに、師匠と弟子の関係とはいえ、今ファティアはライオネルの家に居候させてもらっている状態だ。

そんな彼に、お茶を入れてもらうなんて悪い気がする、のだけれど。

「で、では、ありがとうございます……！」

「うん。座って待ってて」

こういうときに素直に甘えると、ライオネルは何故か、とても嬉しそうに目を細めるのだ。

ファティアはそのことを知っているので、あまりしつこく「でも」とは言えず、大人しくソファに腰を下ろした。

「ファティア、はいどうぞ。温度は大丈夫だと思うけど、一応火傷しないように気を付けてね」

「はい。ありがとうございます」

ファティアはライオネルからティーカップを受け取ると、少しずつお茶を口に含む。

この鼻に抜ける香りからして、ハーブティーのようだ。

ミルクが入っているため、ハーブの独特な苦みが中和されていて、とても飲みやすい。

「美味しいです……！」

「ほんと？　よかった」

（確かこのハーブティーって、疲労回復の効果があるんだっけ……）

お茶を入れてくれることしかり、そのお茶の効果しかり、ライオネルの優しさには何度も感動してしまう。

ファティアは、自分の隣でティーカップに口を付けるライオネルを見つめる。

そして、もう一度「ありがとうございます」と礼を伝えたのだが、そのときとあることに気が付いた。

「ライオネルさん、髪の毛湿ってませんか……？」

「そう？　一応拭いたんだけどね」

ボタボタと雫が垂れるほどではないが、毛先がやや束になっている程度には濡れているように見える。

普段、ライオネルの髪の毛は青みがかった黒色だが、濡れていると真っ黒に見えるから不思議なものだ。

「だめですよ！　乾かさないと！　風邪を引いてしまいますから」

「そんなに柔《やわ》じゃないから大丈夫……って、『呪い』のせいとはいえ、何度も倒れてる奴に言われても説得力ないか」

「ちょ、ちょっとだけ……？」

ライオネルを軟弱だと思ったことはないが、確かに彼の言う通り、説得力には欠ける。

素直な感想を伝えれば、ライオネルは「あはは」と笑い声を上げた。

ファティアもつられて笑みを浮かべたが、ライオネルに対する心配が消えることはなく――。

（あ、そうだ！）

ふと、ファティアはとある名案を思い付いた。

（これなら、ライオネルさんも付き合ってくれるかも……！）

ファティアは急ぎティーカップをテーブルに置くと再びライオネルに向き直った。

「一つ提案があるのですが、いいですか？」

「どうしたの？」

「お風呂に入る前に魔道具で余計な魔力を吸収したばかりなので、修行の一環として、ライオネルさんの髪の毛、私が魔法で乾かしてもいいですか？」

ファティアの提案に、ライオネルは一度口をぽかんと開くが、すぐに表情を緩めた。

「そんなふうに言われたら、呑むしかないよね。俺はファティアの師匠だし」

「それじゃあ……」

「うん。よろしく」

ライオネルの返答に、ファティアは満開の花のような笑顔を見せて、拳をギュッと握り締めた。

作戦会議は髪の毛を無事乾かしたあとで問題ないだろうから、早速開始しなければ。

「私、精一杯頑張ります……！」

（やったわ！　これでライオネルさんが風邪を引く心配もなくなるし、学んだ魔法で役に立てる！　頑張らないと……！）

そう決意したファティアは、隣に座るライオネルの方向に体を捻って、早速魔力を練り始める。属性は、火と風だ。

魔道具で余計な魔力をある程度吸収しておけば、二つの属性が同時に発動できるほど、ファティアは成長していた。

（複数の属性のバランスを調節するのは難しいけれど、それほど威力が高くない魔法なら、何とか……！）

髪の毛を乾かす程度の温風は、風が八、火が二の割合で魔法を発動するとちょうどいいはず。

それを意識しながら、ファティアはライオネルの髪の毛に右手をかざし、魔法《温風》を出した。

一方で、左手をライオネルの髪の毛を軽く梳かすように動かせば、彼は目を瞑って、ふにゃりと口元を緩ませた。

「いいね、これ」

「本当ですか……!?」

「うん。温度も風量もちょうどいいし、ファティアの手も気持ち良い」

「そ、それはよかったです！」

まさか手の動きまで喜んでもらえるとは思っていなかったファティアは驚いたが、それよりも彼の役に立てた嬉しさの方が大きかった。

ファティアは一旦魔法を止めて立ち上がると、ソファの座る位置を移動し、まだ乾かせていない側のライオネルの髪の毛に手をかざす。

「……あーー。ほんとに気持ち良いね。ファティア、もっと」

「ふふ、もう少しで乾いてしまいますよ？」

ライオネルが強請《ねだ》ってくる姿がとんでもなく可愛らしいのに加え、彼の少し癖のある柔らかい髪の触り心地の良さにファティアの頬はこれでもかと緩んだ。

（……何だか得した気分）

もとはといえば、ライオネルに対する心配からの行動だったのに。

（こんなに幸せでいいのかな……）

まるで、演劇のワンシーンの中にいるような穏やかな時間に、ファティアはそんなことを思う。

（……とはいえ、ライオネルさんと過ごす日々は毎日が幸せなんだけどね）

一緒に食事をしたり、時折一緒におやつを作ったり、ライオネルのお薦めの本を読んでその感想を話したり、魔法の修行に付き合ってもらったり、こうやって穏やかな夜を過ごしたり。

「ライオネルさん、いつもありがとうございます」

「……？　どうしたの急に」

急に礼を言ったため、ライオネルは不思議そうな顔をしている。

ファティアが「どうしても伝えたくなって」と軽く笑いながら話すと、ライオネルは目を擦りながら口を開いた。

「礼を言いたいのは……こっちこそだよ……。ファティアには、いつも、感謝……してる」

「ん……？　ライオネルさん、もしかして眠たいですか？」

ライオネルの話し方はいつもよりゆっくりで、少し舌足らずだ。

髪の毛を乾かされて気持ちが良いと言っていたし、目を擦っていることからも、睡魔が襲ってきたとみて間違いないだろう。

「ん……ちょっと、ね」

「それなら、もう髪の毛は乾かし終わりましたから、ベッドに行きましょう？　ね？　作戦会議は明日でも構いませんし」

瞼が落ちかけているライオネルは、「うん」と言うが、立ち上がる気配はない。

「ライオネルさんー！　寝ちゃだめですー！」

だから、ファティアは大きい声を出してライオネルを起こそうとしたのだが、次の瞬間、思いもよらぬことが起こった。

「ファティア……ごめん、限界かも……」

ライオネルの体は徐々に倒れ、何とファティアの太腿の上を枕代わりにしたのだ。

「えっ、えっ⁉」

「はは……この服、もこもこしてて、気持ち良いね……」

ファティアの体と反対方向を向いたライオネルは、頬に感じるネグリジェの質感に顔を綻ばせる。

――そう。このネグリジェはとても気持ち良い。見た目はもちろん、このもこもことした手触りも堪らない……というのは一旦置いておいて。

「ラ、ライオネルさん、何を……！」

「んー……？　膝枕……？　ちょっとだけ、だめ？」

視線だけでこちらを見ながら甘えた声色で話すライオネルに、ファティアは一瞬言葉を詰ま

らせた。

「……っ、だめって、そんな、聞き方……！」

ライオネルが少し動くだけで、その振動は太腿に伝わり、彼の頬の温もりがじんわりとネグリジェ越しに感じられる。

距離感、温もり、夜ということも相まって羞恥心が募り、ファティアは心臓が口から出そうだった。

（き、緊張が……！）

ライオネルとは手を繋いだり、抱き締め合ったりしたことはある。そのたびに、胸がドキドキした。

それに比べれば、膝枕は直接肌が触れ合うことはない。

何よりライオネルは眠いのだ。これは致し方のないことなのだからと、ファティアは思おうとしたのだけれど、それは無理だった。

「や、やっぱり、だめです……！」

そう宣言したファティアは、半ば無理矢理立ち上がろうと足に力を入れる。

しかし、ゴロンと寝返りをして真上を向いたライオネルに、「絶対……？」と問いかけられたファティアは、起立するなんてできなかった。

「す、少しだけなら……いいです……」

尻すぼみな声で許可をするファティアに、ライオネルは満足げに目を細めた。

「……ありがとう。ファティアは優しいね」

「……そんな、ことは……！　あっ、でも、恥ずかしいので顔は見ないでください！　あっちを向いてください！　あっちを！」

頬を朱色に染めたファティアは、必死な様子で自分の体とは逆の方向を指さす。

膝枕はいいにしても、見つめられるなんて耐えられないからだ。

だというのに、ライオネルはファティアの頼みを聞くことなく、髪の毛にそっと手を伸ばしてきた。

「……!?　な、何かゴミでも付いてますか!?」

「ううん。つい近くにあったから、触りたくなった」

「な、ななな……!?　というかライオネルさん眠気は!?　何だか元気じゃありませんか!?」

先程からライオネルの目がしっかり開いている気がして、ファティアは苦言を呈した。

「バレた？　ほんとに眠かったんだけどね。……ファティアの太腿に顔を乗せた瞬間、ドキドキして目が覚めた」

「……っ!?」

頬のみならず、顔全体を真っ赤にしたファティア。

しかし、このときのライオネルの言動はまだ序の口だったのだとファティアは痛感することになる。

というのも、ライオネルがクスクスと笑みを零してから、「可愛いなぁ」と呟いた直後のことだった。

「……ほんと、良い反応するね。じゃあ、こっちを触ったらどうなるのかな」

毛先に触れていたライオネルの手がずいと伸ばされ、ファティアの唇に優しく触れる。

(え？　え？)

ファティアは何が起こっているのかをすぐには理解できず、目を素早く瞬かせる。

その隙に、ライオネルはファティアの唇を親指の腹で優しくなぞった。

「……唇、柔らかいね。可愛い……」

「……!?」

ライオネルの発言によって、ファティアはようやく状況を理解した、のだけれど。

(ライオネルさんに、くち、さわられてる……？　くち？　そもそもくちって、なんだっけ？あれ？　これはゆめ？　ゆめってなに？)

羞恥心が限界突破したことによって混乱状態に陥ったファティアの目は、グルグルと回り始める。

流石にまずいと思ったのか、ライオネルはすぐさまファティアの唇から手を離して太腿の上から起き上がると、何度も「ごめんね」と謝罪したのだった。

「ご迷惑をおかけしました……」

――あれから、約三十分後。

ようやく冷静さを取り戻したファティアは、申し訳なさそうに眉尻を下げるライオネルに対して、頭を下げた。

「ううん、俺がやりすぎた。ごめんね。もう大丈夫？　頭グラグラしたりしない？」

「は、はい！　全く問題ありません……！」

「そっか。……よかった」

黒い革の大きなソファ。隣に腰掛けるライオネルはホッと胸を撫で下ろしたようだが、一方でファティアは頭を抱えた。

（いくら恥ずかしかったとはいえ、そのせいで目が回るなんて思いもよらなかった……）

ライオネルが離れてくれたことと、少し時間を置いたことで今は何ともないが、彼に余計な心配をかけてしまったことが、心の底から申し訳ない。

それに、もう一つ懸念があった。

（膝枕に加えて、突然唇に触られたからものすっごく緊張したし、恥ずかしかった。……でも、嫌じゃなかった……んだけど……）

嫌悪感から目を回したのだと、ライオネルに誤解されてはいないだろうか。

不安が込み上げてきたファティアは勢いよく顔を上げる。

そして、ライオネルと目を合わせ、誤解を解くことにした。

「そそそそ、その！　目が回ったのは、決して嫌だったからではありません……！　恥ずかしさが体に影響を及ぼしたといいますか……！　とにかく、勘違いしないでほしいんです……！　あ、でも、また唇を触る機会がある場合は、事前に言ってください！　心の準備が必要なので……！」

必死の形相で伝えると、ライオネルの顔がみるみるうちに赤く染まっていく。

はて?とファティアが素早く瞬きを繰り返した。

すると、ライオネルは片手で顔を隠すようにして、ため息を漏らした。

「……自分の理性が強いことに、これほど感謝したことはないね」

「え？」

「いや、何でもない。事前申告制ね、了解」

ライオネルはそこでこの話を終えると、別の話題を切り出した。

「少し遅くなっちゃったけど、婚約披露パーティーのことについて、作戦会議しようか」

「そうですね……！」

むしろ今夜の本題はそれだ。ファティアは姿勢を正して、ライオネルの言葉に耳を傾けた。

「アシェル殿下のおかげで、俺たちは仮の身分を得て、顔も変えた上で婚約披露パーティーに参加できる……っていうところまではいいんだけど、問題はペンダントだよね」

「ロレッタ《あの人》がペンダントを着ける確証もありませんしね……」

「それに関しては俺たちではどうしようもないから、一旦着けていた場合のときのことを考えよう」

ライオネルの言葉をきっかけに、ファティアは思考を働かせる。

まず、パーティーに参加をすることさえできれば、他の招待客に紛れてロレッタに近付くこと自体は可能だ。

とはいえ、パーティーの最中にロレッタから無理矢理ペンダントを奪えば、間違いなくファティアはその場で拘束されるだろう。

それ以前に、そんなことをしたらアシェルの名前に傷を付けることになるため、実行できるはずもなく。

「大勢の貴族の前で、ロレッタ《あの人》にバレずにペンダントを取り戻すのは、中々難しそうですね……」

ファティアは顎に手をやって、悩ましい声でそう話す。

続いて、ライオネルが口を開いた。

「……うん。風魔法でペンダントのチェーン部分を切って、床に落ちたところをすかさず回収するっていう方法なら思い付いたけど……なしかな。バレる可能性は高いし、ファティアのお母さんの形見だから、できるだけ傷付けたくない」

「ライオネルさん……」

そんなことまで考えてくれるなんて、どれだけライオネルは優しいのだろう。

ファティアはライオネルに、感謝の眼差しを向けた。

「ま、何にせよ、簡単な方法はないってことだね。けど、可能性はゼロじゃないから、当日までゆっくり考えていこう」

「はい……！　あ、でもライオネルさんは、ペンダントのことよりも、アシェル殿下のことを気にかけてあげてください。大切な方なんでしょう？」

以前ファティアは、ライオネルからアシェルとの関係を軽く聞いた。

――数年前。

ライオネルが天才魔術師として名を馳せ始めた頃、ライオネルを第一魔術師団の団長にしようという声が多く上がった。

当時の第一魔術師団団長がかなり高齢になっていたこともあって、ライオネルを後押しする声は日に日に大きくなっていった。

しかし、全ての魔術師がライオネルを良く思っているわけではなかった。

平民に団長は務まらないと、貴族出身の魔術師の中から批判する者が現れたのだ。

ライオネルは出世欲が強い方ではなく、自分が魔術師の団長になることで、団員たちの一部が仕事をボイコットしたり、団員同士の連携が乱れることに危機感を抱いたらしい。

だが、そこでライオネルの不安を解消したのが、アシェルだった。

アシェルは第二王子として、ライオネルが団長になることを後押しし、団員たちにライオネルの実力、必要性を説いたようだ。

人柄が良く、周りからの信頼も厚いアシェルがそう言うならと、ライオネルを批判していた団員たちの声は徐々になくなっていった。

ライオネルが団長に就任してから、大きな問題は一つも起こらなかったらしい。因みに、ハインリも色々と協力したようだ。

(そのことをきっかけに、ライオネルさんはアシェル殿下に感謝し、団長と第二王子という立場以上に、親交を深めていったのよね)

ライオネルにとってアシェルは、ただの第二王子ではない。

おそらく、友人のように思っていて、大切な存在の一人なのだろう。

「……うん、ありがとう。俺自身のためにも、この国のためにも、アシェル殿下を失うわけにはいかないから、気を引き締めないとね」

そう言ったライオネルの目には覚悟が宿っている。

(……ライオネルさんはきっと……)

もしもパーティーにアシェルの命を狙う不届き者が現れたら、ライオネルは躊躇なく魔法で敵と交戦するのだろう。

その数時間後に、自分が『呪い』で苦しむなんて考えずに。

(大切な人のためなら、苦痛にだって自ら飛び込む。その気持ちは分かるけれど……ライオネルさんが苦しむのは、やっぱり嫌だな……。あ、そうだ！　それなら私が魔法でアシェル殿下をお守りすればいいいんじゃ!?)

自分の能力がライオネルの実力に程遠く、彼の代わりになれないことをファティアはよく分かっている。

だが、ひょっとしたらファティアが魔法を使うことで、ライオネルが魔法を使わずに済むかもしれない。

それが叶わずとも、ライオネルの手助けができるかもしれない。

「ライオネルさん！　パーティー当日は、魔力吸収を行ってから参加します！　何も起こらないに越したことはないですけど、いざというときは私も戦います」

「……！　ありがとう、ファティア。心強いよ。けど、無理はしないようにね」

「はい！」

ライオネルに許可ももらえたことだし、パーティーまでの間に、魔法の修行をより一層励まなければ。

「それと、念のためにあれも持っていこうと思います。……これこそ、使う機会がないに越したことはないですが……」

ファティアが手にしたそれを見て、ライオネルはハッと目を見開き、次の瞬間には悟ったような表情を見せた。

「……うん。アシェル殿下のことはもちろん、ファティアの今後のためにも、使う機会が訪れないことを祈るよ。……でも、ごめんね。いざというときは――」

――そう。これはライオネルの言う通り、いざというときのためだ。

ファティアはそう自分に言い聞かせる。

婚約披露パーティーが無事に終わることを心から祈りながら。

第15章　『元聖女』と『元天才魔術師』は婚約披露パーティーに潜入する

ようやく迎えた、レオンとロレッタの婚約披露パーティーの当日。空が暁色に染まる頃。

寒さで鼻先や頬、手の指先が真っ赤になったファティアは室内に入った瞬間、ほうっと幸せな気分で息を吐き出した。

「ライオネルさん、この空間は天国ですね……」

「はは。ほんとだね」

ファティアたちがいるここは、王城の敷地内にある、とある離宮の一室だ。

ソファやドレッサー、クローゼットなどが完備されている。

事前に聞いていた通り、人払いは済ませてくれてあるようだが、暖炉に火が入っていて部屋が暖められている。これは、アシェルの指示だろうか。

何にせよ、長時間馬に揺られ、体が冷えきっていたファティアたちは、ぬくぬくとした部屋に頬を綻ばせた。

「この部屋を手配してくれたアシェル殿下に感謝だね」

「はい、本当に……。あ～暖かいです……」

何故アシェルがこの部屋を手配したかというと、理由はいくつかある。

一つは、ファティアたちには身を潜める場所が必要だったためだ。

というのも、アシェルが使える顔を変える魔法の効果は、持って三時間程度らしい。

そのため、ファティアとライオネルに事前に魔法を施すわけにはいかず、一旦二人はそのままの姿で登城するしかなかった。

しかし、そのままの姿で正門を通れるはずはない。馬に乗った二人は城の近くでアシェルの側近と待ち合わせし、王城の裏門からこの部屋に通してもらったというわけだ。

「……パーティーが始まるまで、あと一時間。もう少ししたら、アシェル殿下はいらっしゃるでしょうか？」

部屋に案内したあと、側近はすぐに去っていったので、現在部屋で二人きり。

リラックスしたファティアがそう問いかけると、ライオネルは部屋を軽く見回しながら答えた。

「うん、おそらくね。多分リーシェル様も一緒に来ると思うよ」

「お二人は本当に仲が良いのですね」

「それもあるけど……。ほら、ドレスを着替えるのに、手伝いがいるでしょ？」

「あ……」

基本的に貴族令嬢がドレスを着る際は、侍女などの使用人に手伝ってもらうものだ。

すっかりそのことが頭から抜けていたファティアは、ライオネルの発言に「なるほど」と納得した。

「私たちがこの場にいることは、多くの人には秘密ですもんね。……とはいえ、公爵令嬢のリーシェル様に着替えを手伝っていただくのは、申し訳ないです……」

アシェルの魔法の効果範囲は、顔と髪色のみだ。

そのため、ドレスや靴はパーティー用のものを実際に着用しなければならない。

因みに、ドレスを用意してくれたのはリーシェルだ。本当はライオネルが準備したかったようだが、ドレスの流行に敏感なリーシェルの方が適任だったので、任せたらしい。

つくづく申し訳ない。ファティアの眉尻がぐぐっと下がった。

「ファティア、そんなに申し訳ないならさ」

「……？」

すると、ファティアの目の前まで歩いてきたライオネルは、少し意地悪そうな顔でこう言った。

「俺が着替え手伝ってあげようか？　それならリーシェル様の手を煩わせることもないでしょ？」

「なっ、ななな……⁉」

(突然何を言い出すの……⁉)

確かにリーシェルに迷惑をかけないということだけを考えたら、ライオネルに着替えを手伝ってもらうのは名案のように思える、けれど。

(下着姿を見られてしまうじゃない……⁉)

ファティアが瞳に困惑を浮かべると、ライオネルはいつものように「はは」と笑ってみせた。

「冗談だよ。アシェル殿下曰《いわ》く『ファティア様のことは私にお任せください！』ってリーシェル様は意気込んでるらしいから。……ね？　リーシェル様にはきちんとお礼を伝えれば大丈夫」

「……っ、ライオネルさん……」

ファティアの気持ちを紛らわせるために、ライオネルは敢えて冗談を言ってくれたのだろう。

「本当に、優しいんですから……」

「そう？　だとしたら、ファティアにだけだよ」

「……っ⁉　も、もう！　これ以上冗談はいりませんから！」

「これは冗談じゃないのに」

——コンコン。

そうこう話していると、扉からノックの音が聞こえた。

ファティアがライオネルと共に扉に視線を向けると、入ってきたのは正装に身を包んだアシェルとリーシェルだった。

「やあ、二人とも。長旅ご苦労さま」

「アシェル殿下、このたびは部屋の手配をしていただきありがとうございます」

「あ、ありがとうございます……！」

ライオネルに続いてアシェルに礼を伝えたファティアは、次にリーシェルを見つめた。

「リーシェル様、ドレスの手配や、着替えのことなど、ありがとうございます……！」

「構いませんわ。ドレスを選ぶのは案外楽しかったですしね。それよりもファティア様、しっかり歩行の訓練はされましたか？　姿勢はかなり良くなったように見えますが……」

「は、はい！　それに関しては、問題ないかと！　頭の上に本を載せて歩いても、落としません！」

ファティアはそう言ってから、少し歩く様子を見せた。

すると、リーシェルは「まあ……」と驚いた声を上げた。

「以前とは見違えました。よく頑張りましたね」

「リーシェル様の教えのおかげです……！　ありがとうございます！」

「いいえ。ファティア様の努力の賜物ですわ。私には分かります」

「リ、リーシェル様ぁ……」

優しく微笑むリーシェルの姿は、まるで聖母のようだ。

その美しさにファティアが見惚れていると、「今日の流れを説明しても？」とアシェルが話しかけてきた。

「は、はい！　よろしくお願いします……！」

「それじゃあ、一旦座ろうか」

アシェルの提案により、四人はローテーブルを挟んで置いてあるソファに、向かい合わせで腰掛けた。

ファティアとライオネル、アシェルとリーシェルの組み合わせだ。

（あ……）

二人が並んで座ると、アシェルとリーシェルの装いは青色で揃えられていることに気付いた。

アシェルの瞳の色に合わせたのだろうか。

あまりに素敵だったので、「お二人ともとっても素敵です……」とファティアが無意識に口にすると、アシェルたちは同時に頬を緩ませた。

「ありがとうございます、ファティア様」

「私からも礼を言うよ、ファティア嬢。……さて、二人も着替えなければいけないから、手短に話すよ。まずは、今日の二人の設定だが、伯爵家の令息と令嬢――つまり、兄妹を装ってほしい」

以前話していた通り、今日ファティアたちは、アシェルが隣国に留学していたときの友人を装うらしい。

　だが、女性のファティアをアシェルがわざわざ自国のパーティーに参加させたとなれば、良からぬ噂を立てられる可能性がある。

　そのため、アシェルの友人はライオネルであり、ファティアは他国の社交界を経験するためにライオネルについてきた妹、という体にするそうだ。

「ライオネル、今日のお前の名前はライ・セレストだ。ファティア嬢は、ファミナ・セレスト。元の名前に多少近い方が、もしも本名を口にしても言い訳ができるかと思ってこの名前にした。……が、呼び間違えをしないに越したことはないから、お互いしっかり意識するように。互いの呼び方については話し合って決めてくれ」

「「はい」」

　まさか兄妹として参加するとは思わなかったが、確かにその方が自然だろう。

　それに、恋人同士の設定よりも、余程緊張せずに済むので、正直有り難い。

　ホッと胸を撫で下ろしたファティアは、隣に座るライオネルの方を向いた。

「ライオネルさん、今日はお兄様とお呼びしても？」

「うん、それでいいよ。俺はそのままファミナでいい？」

「はい！　間違えないように頑張りましょう……！」

「そうだね。それに、偽名を呼ばれたときにちゃんと反応できるように気を付けないと」

「ああ……その方が大変そうですね……！」

続いてアシェルは、セレスト伯爵家の家族構成や、事業などの設定についても話してくれた。

レオンとロレッタに挨拶した際に、話を深掘りされたときのためだ。

基本的にはライオネルが受け答えをするという大前提はあるものの、ファティアもきちんと耳を傾けた。


「――と、これくらいでいいかな。そろそろお前たちも着替えないとね」

おおよその話を終えたアシェルは、ゆっくりと立ち上がった。

「ライオネル、私たちは隣の部屋に行こう。お前の服なんかはそこに用意してある。それに、今日の会場での警備の配置についても話をしておきたい」

「分かりました」

ライオネルも立ち上がると、ファティアに「それじゃあ、またあとでね」と言って手を振り、アシェルと共に部屋を出ていった。

「それでは、ファティア様もお着替えしましょうか」

「は、はい！　よろしくお願いします……！」

それから、リーシェルはすぐさまクローゼットに向かい、ドレスを手に取って戻ってくる。

「……っ、これを私が……？」

「ええ。最近はレースがあしらわれたドレスが流行ですの。素敵でしょう？」

淡い紫のドレスはシックな印象を受けるが、鎖骨周りにレースがあしらわれていることによって、可憐さも兼ね備えている。

ドレスの裾部分に施された刺繍も素敵で、ファティアは目を奪われた。

キラキラと目を輝かせるファティアに、リーシェルは「ふふっ」と微笑む。

「気に入っていただけたようで嬉しいですわ。さ、お着替えが終わったら、アシェル様に魔法をかけていただかないといけませんから、まずは今のお召し物を脱いでくださいね」

「分かりました……！」

それからファティアはリーシェルの手伝いのもと、万が一にもドレスを傷付けてしまわないよう気を付けながら袖を通していった、のだけれど。

(あれ……リーシェル様……)

最後の仕上げである、背中のリボンをリーシェルが結んでくれているときのこと。

鏡越しにちらりと見えたリーシェルの仄かに暗い表情に、ファティアは彼女の心情を察した。

(アシェル殿下が傷付くかもしれない状況が刻一刻と近付いてきているんだもの。きっと、不安なんだ……)

ライオネルに苦しんでほしくないとファティアが望むように、リーシェルもまた、そう強く願っているのだろう。

立場は全く違うけれど、ファティアにはリーシェルの気持ちが手に取るように分かった。

だからファティアは、声を掛けずにはいられなかった。

「リーシェル様、アシェル殿下には、ライオネルさんやハインリさんが付いていてくれています。それに、私も少しは魔法を扱えます。皆でお守りしますから……その、あまり心配しないでください」

「……ありがとうございます、ファティア様。私、そんなに心配が顔に出ていましたか？」

「ほんの少しだけ……」

「……ふふ。これまで感情をあまり面に出さないよう訓練してきたのですけれど、私もまだまだですわね」

そう言ったリーシェルの顔は、先程よりも少しばかり明るい。

（私の言葉なんて気休め程度にしかならないだろうけれど、それでも）

ほんの少しでもリーシェルの心が軽くなったのならばよかったと、ファティアは心の底から思う。

と、同時に、リーシェルはリボンを結び終えたようで、「できましたわ」と笑顔を向けた。

ファティアが礼を伝えると、リーシェルは鏡越しのファティアをじっと凝視した。

「素敵です、ファティア様。仕方がないとはいえ、魔法でお顔を変えてしまうのが勿体ないくらいにお似合いですわ」

「そ、そんな……！」

「ふふふ。きっと、ライオネル様もそう思われるはずですわ。……さ、次は髪を結いましょうか！」

「髪の毛まで申し訳ありません……。よろしくお願いいたします……！」

それからファティアはドレッサーの前に座り、リーシェルに髪の毛を結ってもらった。

後頭部でふんわりとまとめてもらい、碧い宝石が付いた髪飾りを着けてもらえば完成だ。

――コンコン。

髪飾りを着け終えると、扉がノックされる。

ファティアとリーシェルは扉に視線を向けた。

「リーシェル、私だ。そろそろ支度はできたかい？」

そんなアシェルの声が聞こえ、リーシェルに「よろしいですか？」と確認されたファティアは、コクリと頷いた。

「ええ。着替え終わりましたから、入っていただいて構いませんわ」

「では、失礼するよ」

「ファティア、入るよ」

アシェルに続き、ライオネルが入室すると、ファティアは黒を貴重としたライオネルの正装姿に、目を奪われた。

「ライオネルさん……格好良い……」

初めて出会ったときは、真っ黒なローブに包まれた姿だった。

一緒に暮らすようになってからも、ライオネルは楽な格好が好きなようで、ラフなシャツ姿でいることが多かった。

こんなふうに着飾った姿を見たことがなかったファティアは、ついつい感想が漏れてしまったのだ。

「……っ、ありがとう。ファティアもとっても可愛いよ」

「……えっ、いや、その、そんなことは、あの……!?」

ライオネルがどんどんと近付いてくると同時に、何かを察したのか、リーシェルはどんどんと遠ざかってしまう。

目の前に来たライオネルが、ずいと手を伸ばす。

彼の大きな手に頬をスリスリと撫でられたファティアは、恥ずかしさから体がピクンと跳ねた。

「……それに、とっても綺麗だ。ドレス、よく似合ってるね」

「～～っ！　あ、あ、あ、ありがとう、ございます……！」

「……ハァ。勿体ないなぁ、こんなに似合ってるのに、魔法で顔が変わっちゃうなんて。アシェル殿下、どうにかなりませんか？」

ライオネルはファティアを見つめたまま、背後にいるアシェルに問いかけた。

「――いや、ならないだろ」

「そ、そうですよライオネルさん、何を言ってるんですか！」

ファティアはライオネル越しに、アシェルに対して「すみませんすみません！」と頭を下げた。

アシェルは一切怒っていないようだったが、その隣にいるリーシェルの、私の言う通りでしょう？と言わんばかりの顔には、何だか居た堪れなかった。

「さて、ライオネルには悪いが、そろそろ入場の時間だ。魔法をかけるから、二人ともこちらへ」

「は、はい！」

ファティアがアシェルの方に歩き出すと、ライオネルが不満げに囁いた。

「……もう少しだけ、この姿のファティアを眺めていた――」

「ライオネルさん！　だめですったら！　もう！」

ライオネルの言葉はとても嬉しいけれど、このままでは埒が明かない。

ファティアはライオネルの手を握ってアシェルの目の前まで歩く。

「じゃあ、魔法をかけるよ。あんまり動かないでね」

アシェルは小さく息を吐き出してから、呪文を唱え始める。

そして、ファティアとライオネルの顔に片方ずつ手をかざし、魔法を発動した。

「よし、成功だ。二人とも、顔を確認してくれ」

アシェルがそう言ったのは、彼が呪文を唱えてから、ものの十数秒後のことだった。

ファティアとライオネルは、同時に鏡に目をやり、互いの顔に目を丸くした。

「わぁっ！　ライオネルさんが赤い髪のワイルドなお方に……！」

「ファティアも赤い髪の、気の強そうな女の子に……」

互いに瞳は琥珀色で、かなり吊り目だ。

彫りの深さも相まって、二人ともはっきりした顔立ちになっている。

アシェルの魔法の効果は知っていたけれど、改めて凄いとファティアは思う。

これならば、ファティアとライオネルだとバレることはなさそうだ。

「私の留学先では、その髪色の人がとても多かったから、パーティーの出席者も違和感を持たないはずだ。……とはいえ、自分の顔に驚くのはそろそろしまいだ。二人とも、今のうちに早く慣れてくれ」

「「はい」」


それから、数分後。

顔の変化に慣れたファティアとライオネルは、アシェルとリーシェルに改めて礼を伝えた。

そして、四人はパーティー会場に向かうために部屋を出た。

「――ファミナ、今日はよろしくね」

離宮を出る直前。

ライオネルがこちらに視線を向けて、そう口にした。

まだ会場には入っていないが、どうやらもうライになりきっているらしい。

「はい。お兄様」

ファティアも負けじと、そう返す。

やっと母の形見を取り戻せるかもしれないチャンスなのだ。それに、アシェルのこともある。

しっかりしなければと、ファティアは改めて自らを律し、歩みを進めた。

◇◇◇

アシェルとリーシェルより先に会場に足を踏み入れたファティアとライオネル。

想像していたよりも豪華な会場に、ファティアは小さく息を呑んだ。

(す、凄い……！)

平民では一生見ることができないようなきらびやかなシャンデリア。

流行を取り入れたドレスを身に纏う貴婦人たちに、エスコートする紳士たち。聞こえてくる話し声や笑い声からは様々な思惑が感じられる。

そんな中で、給仕のために忙しなく動き回るメイドや執事たちを見て、ファティアはこんなことを思う。

(もしも私がこういう場にいるとしたら、絶対に彼ら彼女らの立場でしか有り得なかっただろうに)

メイドや執事からドリンクを受け取る立場でパーティーに参加するなんて、不思議な気分だ。とはいえ、惚けている場合ではない。

せっかくアシェルが諸々手を回してくれたのだから頑張らなければと、ファティアはエスコートしてくれているライオネルに話しかけた。

「お兄様、主賓が入場されるまでもう少し時間がかかるでしょうから、少し会場を見て回りませんか?」

「ああ、そうしようか、ファミナ」

吊り上がった琥珀色の目に見つめられ、ファティアは少しドキッとする。

いつもの顔とは全く違うのだが、彼がライオネルなのだと意識すると、ときめいてしまうのだ。

(兄妹としてこの場に来ているんだから、ドキドキしてる場合じゃない! しっかりしなさいファティア！　いや、ファミナ！）

それからファティアとライオネルは、あまりキョロキョロしないように注意しながら、会場内を把握するために歩き始めた。

「えっ⁉　ライオ――ぐおっ⁉」

「ハインリ、黙ろうか」

途中、ハインリ、ハインリを見かけたので挨拶した際は、驚いたハインリがライオネルの本名を呼びそうになった。

ライオネルがサッとハインリの口を手で塞いだことで事なきを得たが、あれはかなりピンチだった。

ハインリはどうやら、アシェルからライオネルとファティアの偽名については聞いていたらしいが、変化したあとの顔は確認していなかったらしい。

それならば驚くのは無理もないのだが、もう一度言おう。あれはかなりピンチだった。

「あ、アシェル殿下たちが入場してきたから、おそらく次にレオン殿下たちだよ」

会場を見て回ったあと、やや遠い位置にある入場扉の方を見つめたライオネルはそう言った。

ファティアはアシェルたちの入場に際し、怪しまれないように周りを真似て拍手をしながら、次に入場するだろう人物たちを待つ。

すると、その瞬間はすぐさま訪れた。

「レオン・メルキア第一王子殿下、ロレッタ・ザヤード子爵令嬢のご入場です！」

堂々とした出でたちでパーティー参列者たちに手を振るレオンと、ピンクの美しいドレスを身に纏い、レオンに腕を絡ませるロレッタ。

主役たちの登場に、会場からは今日一番の拍手が湧き起こる。

（……っ、あれは、もしかして……）

そんな中、ファティアは拍手することを忘れて、ロレッタの胸元に見入った。

（お母さんのペンダント……？）

ロレッタの胸にキラリと光る、赤い宝石。

遠目のため、色は識別できても形までは分からなかったが、母の形見によく似ている。

（そうだとしたら、人から奪ったものを……こんな大勢の前で我が物顔で身に着けるなんて……！　一体どんな神経をしているの……っ）

ペンダントを取り戻すためには、在り処が分かった方がいい。

そのため、ロレッタが身に着けていること自体はファティアからしたら幸運なことだ。

だが、憎しみや怒りの前では、冷静な判断ができないことがある。

――今すぐにロレッタに駆け寄って、母の形見を取り返したい。

そんな考えがファティアの頭を支配し、瞳には負の感情が滲んだ、そのときだった。

「……ファミナ、辛いね」

ファティアの異変に気付いたのだろうか。

ライオネルはファティアの手をそっと握りながら、耳元でそう呟いた。

「……っ、おにい、さま……」

「だけど、今は我慢のときだよ」

ライオネルの声掛けにより、ファティアはハッと我に返る。

もしもこの場でロレッタに駆け寄っていたら、どうなっていただろう。

ライオネルにもアシェルにも迷惑をかけるのはもちろん、母の形見を取り戻すチャンスはもう二度となかったかもしれない。

「お兄様、すみません……。もう、大丈夫です」

ファティアはできるだけロレッタたちを見て笑みを浮かべる。

ファティアが望むのは、母の形見を取り戻すことと、アシェルが無事にパーティーを終えることだ。

それをしっかりと胸に刻んだファティアは、ライオネルに掴まれた手を優しく握り返した。

「ありがとうございます、お兄様」

「……うん。あとで、あの女の着けているペンダントがファティアのお母さんの形見かどうか、近付いて確認しよう。本物だったら、一緒に取り戻そう」

「……っ、はい」

二人はそれから手を離して、レオンとロレッタに対して拍手を送った。

片や、母の形見を奪った女。

片や、『呪い』をかけた男。

ファティアとライオネルにとって、今日の主役たちは憎い相手に違いなかったけれど、今はまだ、そのときではないのだから。


パーティー会場に全員が揃うと、レオンとロレッタは壇上に上がり、挨拶を始めた。

「皆、今日は私たちの婚約披露パーティーに集まってくれてありがとう。知っている者も多いと思うが、私の婚約者を紹介しよう」

レオンはロレッタの腰を引き寄せて、再び口を開く。

「彼女の名前はロレッタ。ザヤード子爵家の長女であり……数十年に一度しか現れないと言われている『聖女』だ」

レオンから発せられた聖女という言葉に、パーティー参列者からは「めでたいな！」「この国は安泰ね！」「是非、聖女様とお話しする機会をいただきたいわ〜」という声が聞こえてくる。

貴族たちの情報網からして、レオンの婚約者がロレッタで、そのロレッタが聖女だと言われていることは既に知っているはず。

だが、この場で改めて過剰に反応することによって、貴族たちはレオンたちの好感を得たいのだろう。

「ふふ！　紹介に与《あずか》りました、ロレッタ・ザヤードと申します！　レオン様の婚約者として、聖女として……皆様、よろしくお願いしますわ」

ロレッタはレオンの腕にギュッと絡み付きながら、そう口にする。

貴族たちに持ち上げられることに対しては満更でもないようで、この上なく口角を上げている。

その姿は、ファティアからすると不快だった。

「パーティーの中盤には、ロレッタの聖女の力を披露する余興を準備している。それでは皆、楽しみにしていてくれ」

――余興。何も知らなければワクワクする響きだが、それはアシェルの命を奪うものなのかもしれない。

ファティアとライオネルは顔を見合わせ、小さく息を呑んだ。

レオンとロレッタの挨拶が終わると、パーティー参列者の多くは一斉にレオンたちに個人的に挨拶をせんと動き出した。

「きゃっ」

「……っ、ファミナ、大丈夫？」

「は、はい。ありがとうございます」

その人波に押されてよろけてしまったファティアだったが、ライオネルに支えてもらうことによって事なきを得る。

この場にいては人混みによって会話もしづらいからと、ファティアたちは一旦、会場の端に移動することにした。

「……やっぱり、第一王子と聖女と紹介された人物となると、大人気だね。まあ、あれだけ人に囲まれていたら、あの二人が怪しい動きをするのは難しいだろうけど」

「確かにそうですね」

壁を背にし、ファティアはライオネルと横並びになると、小声で話しながら貴族たちに囲まれているロレッタたちの様子を観察する。

その時間はおよそ十分になるが、レオンたちに大きな動きはない。

ファティアはアシェルたちの様子も気になって、彼らの方へと視線を移す。

(アシェル殿下とリーシェル様の周りにも沢山の貴族の方がいるけれど、レオン殿下たちの周りに比べると圧倒的に少ない……)

このパーティーがレオンとロレッタの婚約披露パーティーであることから、レオンたちの方に貴族が集まるのは当たり前とはいえ、その差にファティアは驚いた。

おそらく、聖女を婚約者に持つレオンの方が、次期国王になる可能性が格段に高いからだろう。

「会場内で妙な動きをする者もいないし、とりあえずまだアシェル殿下は大丈夫そうだけど……。そうなると、次はペンダントだね。周りを囲む貴族たちに紛れてあの女に近付いて、形見のペンダントかどうか確認しようか？」

「そうしましょう。周りに誰もいなくなったときにふらっと近付く方が怪しまれそうです」

「うん。それに、多分もうすぐダンスが始まる。俺たちは踊れないからあの二人に近付けないし、余興とやらがいつ始まるかも分からないから、行こうか」

ほら、というようにライオネルに手を差し出されたファティアは、おずおずとその手を掴む。

そして、ロレッタたちの元に歩き出そうとしたそのときだった。

「──あ、あの！」

「「……!?」」

突然見知らぬ令嬢に声を掛けられたファティアたちは、目を丸くして足を止めた。

「私はハーヴィル伯爵家のアンナと申します。激しく燃える炎のような、その赤い御髪がとても魅力的でいらっしゃるから、ついお声掛けをしてしまいましたの……。貴方様のお名前を教えていただいても……？」

その令嬢──アンナは、ライオネルだけを見つめ、わざとらしい上目遣いを見せた。

語尾にはハートが付きそうな甘ったるい声で話す様子から、どうやら用事はライオネルにだけらしい。

（確かに、ライ・セレストとしてのお顔はライオネルさんとはかけ離れているけれど、ワイルドで格好良いものね）

と、それはひとまずいいとして、こういう場合、妹としてはどう対応すればいいのだろう。

ファティアはライオネルの様子をちらりと確認してから判断しようと思ったのだが、彼の様子に素早く目を瞬かせた。

「初めまして、ハーヴィル様。俺はライ・セレストと申します。隣国の――――」

表情は若干困っているように見えるが、ライ・セレストとして紳士的に対応している姿は、貴族みたいだ。

（流石ライオネルさん……）

と、思うのと同時に、ファティアはほんの少しだけ胸にもやりとした感じを覚えた。

ライオネルが貴族のように見えて、自分とは違う世界の人だ……と思ったわけではなく、ただ――。

（明らかに好意を持っている女性とライオネルさんが話している姿を見るのは、何だか嫌だなぁ……）

だからといって、話に割って入る気などないのだけれど。

今ファティアはファミナであって、彼の妹でしかないのだから。

（そもそも、たとえファティアだったとしても、私が口出しできることなんてないんだけどね……）

何にせよ、今のファティアはファミナだ。

妹は兄が誰と話していようと嫉妬なんてしないだろう。

（それに、ライオネルさんに甘えてばかりじゃ、いけない）

そう考えたファティアは、一人でロレッタが着けているペンダントを確認しに行くことを決意し、ライオネルに「見てきますね」とだけ伝えて、再びロレッタたちの元に足を進める。

去り際、心配そうに「ファミナ」と名前を呼んだライオネルには、力強く頷いておいた。

（さて、と……できるだけ自然に見えるように距離を詰めなきゃ）

ライオネルがアンナの対応に当たり、ハインリや大勢の魔術師や騎士が会場内を警備している現在、何一つ事件と呼ぶようなことは起こっていない。

今は自らの目的を果たすために動こうと、ファティアは堂々とした歩行でロレッタを取り囲む貴族たちに近寄る。

そして貴族たちに紛れると、人と人との隙間から、ロレッタの首元に意識を集中した。

（……！　やっぱり間違いない！　あれはお母さんの形見のペンダント……！）

ロレッタまでの距離、約三メートル。

ファティアは視力が良いため、この距離ならば絶対に見間違えることはなかった。

（ただ、それが分かったとしても、取り戻す方法が……）

今日まで、ペンダントをどうやって取り戻すかについては、ライオネルと沢山話し合った。

だが、人前で問題にならずに取り戻す方法は考え付かなかった。

そのため、この際アシェルに頼ろうかという話にまで至った。例えば、アシェルに人を手配してもらい、その人物をメイドや侍女としてロレッタのもとに潜り込ませ、ペンダントを盗んできてもらうという方法だ。

しかし実際は、それをアシェルに頼むことはなかった。

バレたときに、実行犯とアシェルにリスクが及ぶからだ。

（いくらお母さんの形見を取り戻したいとはいえ、誰かを危険な目になんてあわせられない。お母さんはそんなこと、望んでないもの）

とはいえ、未だにこれといった方法が思い付かないことにファティアは焦りを覚えた。

——そんなときだった。参列者たちと楽しそうに話していたレオンとロレッタは、突如として再び壇上に上がった。

そして、レオンはロレッタの肩を抱き寄せると、こう口にしたのだ。

「皆は相当、聖女の力が気になるようだ。予定より少し早いが、今から聖女——我が婚約者であるロレッタの力を披露する余興を始めよう」

「……!?」

第16章　『元聖女』は『第二王子』の危機を救う

おそらく、レオンたちを取り囲んでいたパーティー参列者たちが、早く余興が見たいとか、聖女様の力を見られるのが楽しみとか、そんなことを口にしたのだろう。

貴族たちからより多くの支持を得るために、レオンが余興のタイミングを早めたのは想像に容易かった。

（けれど、一体どういうことなの……!?　聖女の力を披露するならば、この場で誰かが怪我をしなければならない……。その人物として狙われるのは、アシェル殿下ではなかったの……？）

アシェルを見たところ、レオンの堂々とした宣言に驚いてはいるものの、怪我をしたような様子はない。

アシェルの周りに不審な動きをしている者も見受けられず、ファティアは困惑した。

「ファミナ……！　見つかってよかった……！」

「……!?　ライ……お兄様……っ」

こちらに走ってきたライオネルに驚き、一瞬ついライオネルと呼んでしまうところだった。

彼の偽名をライだと決めたアシェルに感謝しつつ、ファティアはライオネルに「先程のご令嬢は？」と問いかけた。

「彼女には悪いけど、レオン殿下の宣言を聞いて、適当にあしらって逃げてきた」

「そ、そうでしたか……。それにしても、これはどういうことなんでしょう……」

「……分からない。ただ、現時点では様子を見るしかないね」

アシェルが無事で、レオンにおかしな動きはない。

ハインリを含む魔術師や騎士たちも警戒を強めているはずだから、今ファティアたちができることはなかった。

「そう、ですね……」

ファティアはライオネルの判断に頷いて、壇上のレオンたちに視線を向けた、そのときだった。

執事の一人と見られる男性が、小さなナイフを手に壇上に上がる。

レオンの指示だからなのだろう。レオンやロレッタが驚いている様子はない。

「一体何を……」

レオンは左腕の袖を捲ってから、右手でそのナイフを受け取る。

そして、参列者に向けて、大きな声で宣言した。

「聖女の力の一つ——治癒魔法を皆に披露するため、今から私が自身の腕を傷付け、彼女に治癒を施してもらう！　……ロレッタの力は本物故、怖さなどない！」

「レオン様のお怪我は、必ず私が治してみせますわ……！」

第一王子であるレオンが自らの体を傷付けるなんて、暴挙に等しい。

だが、参列者たちはどうしても聖女の力を目にしたいのだろう。

興奮した様子で、レオンたちに注目している。

対してファティアは、より一層瞳に困惑の色を浮かべた。

(レオン殿下は、アシェル殿下を傷付けるつもりはなかったの!?　自分に傷を負わせ、聖女の力を披露するつもりだったってこと……!?)

ライオネルも同様に考えているのだろう。眉間に皺を寄せ、怪訝な顔をしながら、ポツリと呟いた。

「……全ては考えすぎだったのか……？」

「その可能性はありますが、今は何とも……。けれど、アシェル殿下が無事ならそれに越したことは——」

「きゃーーーー!!」

ない、と続くはずだったファティアの言葉は、女性の劈《つんざ》くような叫び声によって掻き消された。

声の方向を見れば、そこには膝から崩れ落ちたリーシェルの姿がある。

「……！　お兄様、あれは……っ」

そして、そんなリーシェルの視線の先には、呼吸が乱れ、両手で喉を押さえながらもだえ苦しむアシェルの姿があった。

「……っ、アシェル殿下……！」

「お兄様、待ってください……！」

貴族たちを避《よ》けながらアシェルの元に走っていくライオネルを、ファティアも必死に追いかける。

(さっきまでおかしな様子はなかったのに、どうしてアシェル殿下が……！)

二人がアシェルとリーシェルの傍に着いた頃には、既にレオンやロレッタ、ハインリや護衛たちも複数人集まっていた。

その人物たちを差し置いて前に出るわけにはいかず、ファティアはライオネルの背中を優しく叩いて彼を落ち着かせ、動向を見守った。

「一体何があったのだ！　どうしてアシェルが倒れている！　リーシェル嬢、近くにいたそなたなら分かるだろう⁉」

レオンがリーシェルを責めるような声で怒鳴る。

リーシェルは目にいっぱいの涙をためて、弱々しく首を横に振った。

「分かりません……っ、突然、苦しみだして……倒れてしまって……！」

リーシェルがそう答えると、彼女の次にアシェルに駆け寄ったハインリがしゃがみ込み、外傷がないことを確認する。その後、アシェルの口元に顔を寄せた。

「……っ、この匂いは……！　アシェル殿下はもしかしたら、何者かに毒を盛られたのかもしれません……！」

「毒だと!?　解毒方法は！　宮廷医はどこにいる……!?」

レオンがそう叫ぶと、すぐさま宮廷医は到着し、苦しんでいるアシェルを診る。

しかし、宮廷医は「申し訳ありません……」と眉尻を下げた。

「アシェル殿下の症状からして、何かしらの毒であることは間違いありませんが……種類を特定するには、時間が必要です……。申し上げにくいのですが、毒の種類が分かる頃には……アシェル殿下は、もう……」

「そんな……っ、アシェル様ぁ……！」

「リーシエ、ル……っ、ぐ……っ」

アシェルがそっと手を伸ばし、リーシェルはその手を縋るように掴む。

愛する人の死を待つことしかできないなんて、まるで地獄だ。

「――私なら……アシェル殿下を救えるかもしれません。試してみても、いいですか……？」

俯いたファティアが、ライオネルだけに聞こえるような小さな声で、そう問いかけたときだった。

「ロレッタ……！　そなたの聖女の力で、我が弟――アシェルの命を救ってくれないか……⁉」

レオンはロレッタの両肩を掴むと、アシェルを助けてくれと懇願したのだ。

そんなレオンの様子に胸打たれたのか、パーティー参列者たちも次々と「聖女様お助けください！」「聖女様のお力が必要なんです！」と、ロレッタに対して声を上げた。

「え、ええ！　お任せください……！」

一瞬だけ躊躇したように見えたロレッタだったが、レオンや参列者たちの勢いに気おされたのか、強がったような表情で、彼らの願いを受け入れた。

その瞬間、会場の心は一つになったように見えた。聖女――ロレッタの力は、このときのためにあるのだと、皆がそう思ったことだろう。

「――えっ」

けれど、ファティアには一瞬見えてしまったのだ。

参列者たちが高揚し、ロレッタが膝を床につけて魔力を練るために集中する中、俯いたレオンがこれでもかと口角を上げて、厭らしい笑みを浮かべているところを。

「な、何、今の……」

そんなレオンの形相に、背筋がゾクゾクと粟立つ。

怯えながらポツリと呟いたファティアとは異なり、ライオネルはギロリとレオンを睨み付けていた。

「……今の顔、ファミナも見えたの？」

「！　お兄様も、ですか……？」

「ばっちりね。……やっぱり、さっきまでの心配した様子は、演技だったみたいだね」

低い、低いライオネル声。彼の怒りがビリビリと肌に伝わってくる。

そんな中、ファティアは視界の端に、逃げるようにして会場をあとにする執事の姿を見た。

彼は先程レオンにナイフを手渡していた人物だ。

ちらりと見えた男性の顔は真っ青で、酷く怯えているようだった。

（あの人はおそらく、レオン殿下側の人間……。もしかして、レオン殿下の命により、あの人が何らかの方法でアシェル殿下に毒を持った……？　だから、騒ぎに乗じて逃げているの？）

証拠がない中であまりこんなことは考えたくはないけれど、それなら執事の表情や行動の辻褄は合う。

レオンのアシェルに対する心配が嘘だと分かった今、その可能性は低くはないだろう。

「お兄様、今──」

「……！　分かってる。伝達魔法で、ハインリの脳に直接伝えるよ」

ライオネルはそう言うと、一瞬で魔力を練り上げて目を閉じる。

そして直後、ハインリはハッと瞠目してから、部下たちに「会場から逃げた執事を必ず捕らえなさい！」と指示をした。

（凄い……。魔法ってこんなこともできるのね……って、そうじゃなくて！）

未だ治癒魔法を発動することなく、魔力を練ろうと集中しているロレッタを、ファティアは訝しげな表情で見つめた。

（いくら何でも、発動が遅すぎない……？）

ファティアはかなりの時間、魔力を練る修行を続けている。

そのため、誰でも簡単に魔力を練られるものだとは思っていないが、魔力量が少ない人――ロレッタのような人ほど、魔力を練り上げるのが容易だというのは、紛れもない事実だというのに。

「ロレッタ！　まだ治癒魔法は発動しないのか……！」

「そ、そろそろですわ、もう少しで、きっと……！」

「きっと……？」

ロレッタの言葉に引っかかりを覚えたのはファティアだけではなかったのだろう。

多くのパーティー参列者がロレッタの能力に、少しずつ疑いを持ち始めた。

「いきます……！」

ロレッタはそう言うと、両の手のひらをアシェルの胸あたりに向ける。

「さあ……！　ロレッタよ！　そなたの力を見せてくれ……！」

いよいよだというように、レオンは興奮の眼差しでロレッタとアシェルを見下ろし、参列者たちは奇跡の瞬間に立ち会えることに息を呑んだ。

「どう、して……？」

「ぐっ、ぁぁ……っ」

というのに、ロレッタの震えた声と、先程までと変わらぬアシェルの唸り声だけが、静寂に包まれた会場でやけに響いた。

淡い光の粒がほんの少しも現れることはなく、それはロレッタの聖女の力が一切発動しなかったという証明だった。

「何をしているんだロレッタ……！　どうしてアシェルが回復しないんだ……！」

少しも体調が良くならないアシェルの様子に、レオンは顔に怒りの色をたたえた。

リーシェルは涙を流しながら瞳に絶望を滲ませ、参列者たちも困惑からざわつき始める。

「つ、次こそは……！　次こそはきっと大丈夫ですわ……っ！」

「本当だろうな!?」

「は、はい……！」

額に汗を浮かべ、焦って答えるロレッタは、再び意識を集中して魔力を練り始めた。

そして、もう一度聖女の力を発動したのだけれど、アシェルの容態が変わることはなかった。

「な、なぁ……。アシェル殿下、全然回復していないように見えないか……？　もしかして、ロレッタ様に聖女の力は備わってないのだろうか……？」

誰かが言ったその言葉は、会場にいるほとんどの者の考えを代弁したものだ。

おそらくそんな声にも、周りから向けられる疑いの眼差しにもロレッタは気付いているのだろう。

だが、彼女は意固地になったように治癒魔法を発動しようとし続ける。

「何でっ、どうして……！　どうして少しも治癒魔法が発動しないのよ……っ」

「……っ、もうよい、やめろ！」

「きゃっ……！」

レオンは強い力でロレッタの二の腕を掴み、無理矢理立ち上がらせ、強制的にアシェルから離れさせた。

それからレオンは両膝を床につけ、アシェルの頬を優しく触ってから、ロレッタを鋭い目で睨み付ける。

「私はロレッタのことを愛していたのに……騙したのか？　治癒魔法が使えない貴様は、聖女ではない……！　聖女の名をかたった、この偽物め!!」

「……!?　待ってください……！　今日は少し調子が悪いだけで……！　レオン様は以前、私が治癒魔法を使っているところを、見たことが――」

「えええい!!　嘘に嘘を重ねるのか！　貴様の顔なんてもう見たくはない……！　誰でもい

い！　その女をすぐに捕らえろ!!」

「「……ハッ！」」

ロレッタはすぐさま騎士たちに拘束される。

アシェルのことだけでも大事だというのに、レオンが大々的に口にした、ロレッタが聖女であると嘘をついていたという話は、会場中を混乱の渦に巻き込んだ。

しかし、そんな中で、ファティアとライオネルだけは、あまり驚かなかった。

「お兄様……」

「うん」

ファティアとライオネルはそっと目を合わせ、同時に頷く。

ロレッタが全く治癒魔法を使えないことには驚いたが、彼女がアシェルを完治させられないことは、予想していた。

その場合、レオンがロレッタに騙されていただけの被害者であると宣言するのも、想像に難しくなかった。

（レオン殿下は今、アシェル殿下を心配しているように見せて、その実は彼の死を望んでいるのよね……）

愛していた女性に騙された被害者。それでいて、アシェルが死ねば、愛する弟を亡くした可哀想な兄にもなる。

この場にいる貴族だけではない。世論もレオンに同情するだろう。次期国王の座も、確実になるに違いない、けれど。

(思い通りには、させたくない……。アシェル殿下は、絶対に死なせたくない……！)

ファティアがそう、強く願ったときだった。

「ファティア……！　顔が……！」

「えっ」

突然本当の名前でライオネルに呼ばれたファティアは目を丸くして、彼の顔を見る。

顔が、とはどういう意味だろうという疑問は、すぐさま解消された。

「ライオネルさん、元のお顔に戻ってます……！　もしかして、魔法が解けて……っ、あっ、私の顔も戻ってますか？」

「……うん。基本的にこの魔法は、本人の意思で解くか、制限時間切れにならないと解けないんだけど……。おそらく、魔力が乱れて魔法が維持できないくらい、アシェル殿下の容体は危険なんだと思う」

「……っ」

アシェルの命を救うには、一分一秒の猶予さえないということなのだろう。

ファティアは自身の胸の前で右手をギュッと握り締めながら、力強い瞳でライオネルを見つめた。

「ライオネルさん、私……やっぱり、可能性があるなら、試してみたいです。私が一人で行っても、護衛の方に阻止されるでしょうから、ライオネルさん、協力してくださいませんか？」

その際、ファティアの右手の人差し指がキラリと光る。

ライオネルは指輪とファティアの顔を交互に見つめてから、唇を噛み締めた。

「確かに、その魔道具を使えば、ファティアは一時的に聖女の力を使えるかもしれないけど……っ」

ファティアの指に光る青色の魔石が付いた指輪は、以前ファティアとライオネルで魔道具店に行った際に購入したものだ。

大量の魔力を吸収してくれるが、一度きりしか使えない魔道具。もしものときのために持っていこうと話していた正体が、これだった。

ライオネルは以前、この魔道具ならばファティアの漏れ出した魔力の六割程度は吸収できるかもしれないと言っていた。

既に、会場に来る前にハインリが送ってくれた魔道具で、ファティアは多少の魔力を吸い出している。

そのため、この指輪の魔道具も使用すれば、約八割程度の過剰分の魔力を吸い出したことになる。

「漏れ出ている全ての魔力を吸収できるわけじゃないから、治癒魔法は発動しないかもしれない。もし発動できたとしても、完璧じゃない治癒魔法で重体のアシェル殿下を助けられるか……。それに、もし助けられたとしても……」

「……はい、分かっているつもりです」

アシェルの魔法が解けてしまったことで、今のファティアとライオネルは完全に素の姿だ。この姿のままライオネルの力を借りてアシェルを助けに行けば、確実にレオンとロレッタにファティアたちの存在はバレてしまうだろう。

「本当に分かってる……？　もしもあの場に乱入して聖女の力が発動しなければ、捕らえられるかもしれないんだよ」

「はい」

「聖女の力が発動したとしたら……どんな手段を使っても、レオン殿下がファティアを自分のものにしようとするかもしれないんだよ？」

聖女とは、この国の安寧の象徴だ。強欲なレオンならば、ファティアに目を付ける可能性は決して低くなかった。

「はい。それでも、私は僅かでも可能性があるなら、諦めたくありません」

「どうして……そこまで」

ファティアは、リーシェルには色々と世話になって、感謝している。

それに、アシェルのことを心配しながらも、婚約者として彼の前では気丈な姿を見せるリーシェルを心から尊敬していた。そんなリーシェルを、これ以上悲しませたくない。

アシェルだって、第二王子という立場でありながら、とても気さくに話してくれた。

ファティアはそれがとても嬉しかったし、こんな人が将来の国王になったら、より良い国になるのだろうと、おぼろげながらに思ったものだ。

そんなアシェルを、この場で死なせたくない。

(でも、一番の理由は……)

ファティアは穏やかに微笑みながら、ライオネルにこう言った。

「アシェル殿下が亡くなったら、ライオネルさんがとても悲しむから」

「え……」

「私、それは嫌なんです」

「……っ」

悲しそうにくしゃりと顔を歪ませるライオネルを横目に、ファティアは再び口を開いた。

「ライオネルさんが『呪い』で苦しむ姿は見たくないけれど、私一人ではどうにもならないと思うので、アシェル殿下のすぐ傍まで行けるように、サポートをお願いします」

「……」

「それと、治癒魔法の結果はどうであれ、レオン殿下が私たちを捕らえよと指示をしたら、ライオネルさんだけでも逃げてくださいね」

「……っ、何、言ってるの……」

ライオネルだけならば、この大勢の騎士たちや魔術師たちから逃げられるはずだ。

しかし、ファティアを連れてとなると、その成功率は低くなってしまう。

それならばせめて、ライオネルだけでも——と、ファティアはそう考えていたというのに。

「……ごめんね、ファティア。俺が弱気だったばかりに、そんなことを言わせて」

「えっ」

突然の謝罪の直後だった。ライオネルはファティアの手を力強く握り締めて、先程までとは違った迷いのない声色で言葉を紡いだ。

「レオン殿下がどんな命令を下そうが、俺がファティアを絶対に守るよ」

「ライオネルさん……」

「……ファティアならきっとアシェル殿下を助けられる。だからそのあとは、一緒にここから逃げよう。二人で、あの家に帰ろう」

ファティアはその瞬間、ライオネルの手を握り返した。

「はい……っ、絶対に、助けます……！」

それからファティアは、すぐさま指輪に魔力を送り込み、魔道具の発動を試みた。

「分かってはいたけど、凄いね。どんどん魔力が吸収されていく」

余分な魔力が減っていく感覚は、ファティアにはほとんどない。

ただ、ライオネルのそんな言葉の直後に、指輪に付いた青色の魔法石が光を失ったことで、魔道具が役目を果たしてくれたことは察しがついた。

「ライオネルさん、行きましょう……！」

「行こう、ファティア」

二人はそれから参列者たちを掻き分け、急ぎ足でアシェルの元に向かう。

時折「あれって第一魔術師団の団長だったお方じゃない……？」とライオネルの存在に気付く者はいたが、明らかか声を掛けられたり、制止されることはなかった。

だが、そんな誰かの声は、レオンの耳に届いてしまったらしい。

「貴様たちは――」

ファティアとライオネルの姿が、レオンの視界に収まる。

その瞬間、レオンは立ち上がってファティアたちを指さすと、ハインリを含めた周りの騎士たちや魔術師たちに荒らげた声で命じた。

「ハインリ！　それにお前たちも！　そこにいるライオネル・リーディナントと、隣の女を捕らえよ！　これは命令である！　従わない者はどうなるか分からないわけではあるまいな⁉」

直後、ロレッタもレオンの指さす方を見て、目と口をこれでもかと開いた。

「……っ⁉　何でここにファティア《あんた》が⁉」

（……ロレッタ……！）

ファティアは一瞬ロレッタに視線を向けるが、彼女は今捕らわれていて、何もできない。害がないのなら、なおのこと今は相手にしている場合ではないと、ファティアはレオンや魔術師たちに意識を戻す。

「そんな、団長を捕らえるなんて……」

「けど、俺には生まれたばかりのガキがいるんだ……っ」

レオンの発言は、この命に逆らえば、当人だけではなく、両親や配偶者、子供などの家族にまで被害が及ぶ可能性があると示唆しているのだろう。

そのため、ライオネルを慕う魔術師たちも、ライオネルに過去に助けられたことがある騎士たちも、命令に従うほかなかった。

一方でハインリはライオネルとファティア相手にどうしたものかと頭を悩ませている様子だったが、ライオネルがコクリと頷いたのと同時に、攻撃に加勢し始める。

「「うぉぉぉ!!」」

——魔法、剣技。

様々な魔法を繰り出す魔術師たちや騎士たちに対し、ライオネルはファティアを庇うように前に出る。

「……お前たちに怪我はさせたくないから、大人しくしてて」

そして、ポツリと呟いたライオネルは、魔術師たちや騎士たちに向かって両手を差し出すと、彼らの手足を狙って氷魔法を発動した。

「「ぐおっ……!?」」

すると、突然手足を氷で固められた魔術師たちや騎士たちは、動くことも、先程までのように次々と攻撃することもままならなくなる。

ハインリだけはわざと避けなかったように見えたが、それはさておき。

「ファティア！　早くアシェル殿下のところに……！」

「はい……！」

今のうちに、とファティアはアシェルの元に矢のように走っていく。

拘束されながらも、「人の質問に答えなさいよぉぉ!!」と怒鳴っているロレッタを無視して足を急かせば、アシェルのすぐ傍まで到着することができた。

「貴様は……っ、この前街で会った女か……!?　って、ぐおっ!?」

ようやくファティアの顔に見覚えを感じたらしいレオンだったが、次の瞬間にはライオネルの氷魔法によって手足を凍らされ、それどころではなくなった。

ファティアは、未だにすすり泣くリーシェルの隣にしゃがみ込んで、彼女に声を掛けた。

「リーシェル様、遅くなってすみません。アシェル殿下は、私が助けます。……絶対に、助けますから」

リーシェルは、ファティアが元聖女であることを知っている。今は治癒魔法が使えないこともだ。

けれど、アシェルが死ぬかもしれない姿を目にしたリーシェルには、ファティアの言葉を疑問に思う余裕はなかったのだろう。

リーシェルは縋るように、ファティアの手を掴んだ。

「……！　ほんと、う、ですか……？　おね、がい、ファティア、さま……っ、アシェルさまを、助けて……っ」

「はい。……必ずや、助けてみせます」

ファティアは自身の手を掴んだリーシェルの手を、もう片方の手でそっと包み込む。

そして、リーシェルに手を離してもらうと、アシェルに対して両の手のひらを向けた。

（……集中、集中……）

金切り声を上げるロレッタに、早く捕らえろと叫ぶレオン。

氷魔法を解こうとする魔術師たちや騎士たちの必死の声や、次々に起こる事件に困惑の声を漏らすパーティー参列者たち。

彼らへの意識は一旦遮って、ファティアは魔力を練る。

（この感じ……。そうだ、ペンダントが奪われる前は、こんな感じだった）

――お腹の奥が熱くなるような、炎を宿しているような、そんな感覚。

それは、魔力を練っている際に感じるものだ。

ファティアはペンダントを奪われてからというもの、どれだけ魔力を練り上げても、まるでろうそくに灯された火のような、仄かな温もりしか感じたことはなかった。

「これなら……！」

漏れ出した魔力は、魔導具に完全に吸収されたわけではない。

けれど、ファティアはザヤード子爵家を追い出されて以来、ライオネルと共に魔力を練り上げる練習を積み重ねてきた。何度も何度も、諦めることなく。

その成果が出たのか、ファティアは感覚的に、今なら治癒魔法を使えると確信を持った。

「……お願い」

ファティアは練り上げた魔力を両の手のひらに流し、強く願った。

「アシェル殿下を、助けたいの――……」

その瞬間、淡い光の粒がぶわっとアシェルの体を包み込んだ。

その光はまるで、氷の結晶が太陽の光をキラキラと反射させながら一面に舞う、ダイヤモンドダストのよう。

「……あれなぁに？　きれーい！」

親に抱っこされていた少女が、その淡い光の粒を見て手足をバタバタとさせて笑みを浮かべる。

――そして、そのすぐあとのことだった。

「ん……？　わた、しは……」

今さっきまで苦しみもだえていたアシェルは穏やかな表情で、ゆっくりと上半身を起き上がらせた。

真っ青な顔をしていた彼の顔には血色が戻っており、具合が悪い感じは見受けられない。

「よかった……。成功して……」

ファティアはホッと胸を撫で下ろし、ライオネルに視線を移す。

こちらを見て穏やかに微笑むライオネルに対して、ファティアも笑みを見せた。

すると、それとほぼ同時に、リーシェルはアシェルに堪らずといったように抱き着いた。

「アシェル様ぁ……っ、よかった……っ」

おそらく、苦しみから開放された直後は、アシェルはあまり状況が理解できなかったのだろう。

彼は困惑の表情を浮かべながらも、リーシェルの背中に腕を回した。

「……心配をかけてごめんね、リーシェル……」

「本当に、ご無事でよかった……っ、ファティア様が助けてくださったんです……！」

「ファティア嬢が……？　……そうか、私はワインを飲んだあとに倒れて、それで――」

アシェルが少しずつ状況を理解する中、ファティアの活躍によって彼が回復したとして、会場中から割れんばかりの拍手が起こる。

未だに手足を凍らされている魔術師たちや騎士たちの表情も安堵に満ちていて、不穏な空気は去ったかのように思えた、のだけれど。

「どうしてあんたが……その力を使えるのよぉ……！」

「まさか貴様が、本物の聖女なのか……？」

ロレッタの劈くような声とレオンの舐めるようにこちらを見る目に、ファティアはハッと勢いよく立ち上がる。

そして、いつの間にかすぐそこまで来てくれていたライオネルの手を、絶対に離さないというように力強く掴んだ。

「ファティア、逃げるよ……！」

「はい……！」

「……！　おいっ！　待て……！　お前たち早くライオネルたちを追え——って、まだ氷を解かせずにいるのかクズどもめ!!　早く増援を呼べぇぇ……!!」

時折裏返るようなレオンの叫び声を耳にしながら、ファティアとライオネルは会場の大きな窓から外へと逃げ出した。

第17章　『偽物聖女』は『第一王子』に懇願する

ライオネルとファティアが会場から逃げ出してすぐ、パーティーはお開きとなった。

アシェルの毒殺未遂の犯人が会場内にいる可能性が高いことから、パーティー参列者は今から事情聴取と身体検査を受けるらしい。

ライオネルに氷漬けにされていた魔術師たちや騎士たちも同様にだ。

一方で、被害者であるアシェルは念のためにすぐさま医務室へと運ばれた。

本人は不調は一切ないと公言したが、一国の王子が死にかけたのだから、その対応にもなるだろう。

――そんな中、ロレッタは現在、王城内の自室にいた。

縄や手錠などで拘束されることもなく、自由に動ける状態でだ。

「私をこの部屋まで連れてきた騎士は、部屋の外で待機していると言っていたわ……。待機と言いつつ、私がこの部屋を出たり、変なことをしないように見張っていろとでもレオン様に命じられているのでしょうけど……」

それにしたって、思っていたよりも待遇が良い。ロレッタは困惑の表情を浮かべた。

パーティー会場でのレオンの様子からして、牢屋にでもぶち込まれるのではないかと危惧していたからである。

「これから私は、どうなるのかしら……っ」

一人きりの部屋で、ロレッタはポツリと呟く。

アシェルが倒れた際、ロレッタは助けることができなかった。

それも、力及ばずなんてレベルではなく、聖女の力は一切発動しなかったのだ。

レオンから事前に「命の危機に陥るアシェルの命を聖女の力で華麗に助けてくれ」という役目を与えられていたロレッタは、重たいため息をついた。

今だって、何度か魔力を練り上げてから聖女の力の発動を試みているものの、淡い光の粒が現れる気配はない。

「どうして……？　確かに力が弱まっている気はしていたけれど、こんなふうに一切使えなくなることなんて今までなかったのに……！　それに、何でファティアがあの場所に……！　しかも聖女の力を使えているし、どういうことなのよ……!!」

ロレッタは怒りに任せてテーブルを拳で叩くと、その瞬間、扉がバタンと激しく開く音がした。

「……！　レオン様……！」

すると、部屋に入ってきたのは、恐ろしいくらいに美しい笑みを浮かべたレオンだった。

「あ、あの、どうされたのです……？」

先程まであんなに怒りを露わにしていたのに、こんな表情を浮かべるなんておかしい。

レオンから得体の知れない恐怖を感じたロレッタは、無意識に後退る。しかし、すぐ傍にあったソファにつまずいて、そこにぺたりと座り込んだ。

「ロレッタ、君に少し話があるんだが、いいか？」

「え、ええ……。もちろん、ですわ」

レオンはゆっくりとした足取りで近付いてくる。

そして、目の前まで来た瞬間、彼はわざとらしく眉尻を下げた。

「ロレッタ、私は悲しんでいるんだよ。君が聖女であると私に嘘をついていたなんて」

「……⁉　お、お待ちください……！　嘘なんてついていませんわ！　私は実際に、レオン様の前で治癒魔法を使ってみせたではないですか！」

「だが、今は使えないのだろう？」

「……っ」

確かにその通りだ。部屋に着いてからも聖女の力が発動しないことを確認しているロレッタは、流石に口からでまかせは言えなかった。

言い返さないロレッタに、レオンはニヤリとほくそ笑む。

「このままでは、私や国民を誑かしたとして、そなたは罪に問われるだろう。私との婚約が破棄になるのはもちろん、最悪の場合、家族もろとも死刑になるかもしれないな」

「……！　そ、そんな……っ」

「だが、私とて鬼ではない。少しの時間だが、私と君は婚約していたんだ。君が私のために何でもすると誓うなら、君の罪をどうにかもみ消してやってもいい」

「……！　本当ですか⁉」

パーティー会場で、アシェルに毒を盛るよう執事に指示をしたのがレオンであることを、ロレッタは知っている。

その場で、ロレッタに聖女の力を使うよう命じたのもレオンだ。

ロレッタが聖女の力を発動できないことをあの場で責め立て、窮地に追い込んだのもレオンだ。

だが、死刑という言葉に冷静な判断力を失っていたロレッタには、レオンの提案は残された僅かな光のように感じられた。

「何でもしますわ……っ、何でもしますから、どうか命だけは……！」

「……そうか。話が早くて助かる。では、早速質問に移ろうか」

「質問、ですか……？」

何を聞かれるのだろう。ロレッタは、息を呑んだ。

「先程のパーティーでアシェルを救った女……名は確かファティアだったか。以前、街に行った際に君はあの女のことを、ザヤード子爵家の元使用人だと話していたが、それは本当か？」

「そ、それは……」

「……因みに、何か隠し事をしたり、嘘をついたら、即刻死刑にするぞ」

「……！　話します……！　ちゃんと話しますわ……！」

あのときは自分に都合の良い嘘をついた。

だが、死を天秤にかけられたら、素直に話すしかなかった。

「実は……ファティアは元々孤児院で暮らしていて、聖女の力が発現したと秘密裏に情報を掴んだ我が家が、あの女を養女に迎えたんです」

「……ほう」

それからロレッタは、全てを赤裸々に話した。

両親が聖女であるファティアに構うようになり、それを不満に思ったこと。

だから、ファティアのことを苛めたり、彼女が大切にしていたものを奪ったりしたこと。

その後、何故かファティアの聖女の力は消滅し、代わりにロレッタが聖女の力に目覚めたこと。

ファティアに対して目を塞ぎたくなるほどの暴力を繰り返した上、無一文で家から追い出したこと。

「……ふむ。そういうことだったのか。聖女の存在を秘密にしていたことは大罪だが……。まあ、その話は一旦置いておくとしよう。それで、君が奪った、ファティアが大切にしているものとは？」

「こ、これですわ」

ロレッタは自分の首元にあるペンダントを手に取り、レオンに見せる。

レオンは「へぇ……？」と至極楽しそうに相槌を打つ。

それからレオンは腰を折ると、ずいとロレッタに顔を近付け、ニコリと微笑んだ。

「端的に話をまとめると、本物の聖女はファティアであるということでいいんだな？」

「……っ、そう、だと、思います」

抽象的な答え方をしたのは、ロレッタなりの最後の意地だった。

しかし、意地で現実は変わるはずもなく――。

「……ロレッタ、本題に移ろうか」

「本題……？」

「聖女ファティアを私のものにするために、君にはとあることを頼みたいんだが――」

第18章　『元聖女』は『元天才魔術師』と決意する

「雲一つない、いい天気……」

「ふぁ……。ほんとだね」

――パーティーの次の日の朝。

起床したファティアとライオネルは、揃ってカーテンを開け、窓の外を見つめた。

寝起きに眩い朝の光を浴びたため、二人は目を薄《うっす》らとしか開けることができない。

ライオネルなんて、覚醒しきっていないのか、時折頭がカクンと落ちそうになりながら、欠伸をしている。

「……ライオネルさん、体は大丈夫ですか？　とりあえず、身支度をしてから朝食にしましょうか」

「……うん。眠いだけだから平気だよ。何よりお腹……すいた。俺はちょっと朝日を浴びて目を覚ますから……ファティアは先に顔洗っておいで」

「は、はい！　お先にです！」

それからファティアは顔を洗うと、髪の毛を整え、ワンピースに着替えた。

その上にエプロンを着け、朝食作りを始めようと、食材の確認をする。

その頃には、ライオネルも完全に覚醒したようで、コーヒーを入れるのを手伝ってくれていた。

「ファティア、今日も朝食を作ってくれてありがとう」

「こちらこそ、いつもありがとうございます！　どうぞ召し上がれ……！」

二人は「いただきます」と言ってから、ファティアが作った朝食を食べていく。

今日のメニューは、こんがり焼いたパンの上にトマトソースや野菜、チーズなどを乗せたものと、リンゴとオレンジ、それにいちごのフルーツの盛り合わせだ。

比較的簡単なメニューなのだが、ライオネルは「美味しい美味しい」ともりもり食べている。

(ふふ、ライオネルさん、凄い食べっぷり)

嬉しいなぁとファティアが微笑んでいると、ライオネルが「それにしても」と話しかけてきた。

「昨日は色々と大変だったね。ファティア、疲れたでしょ」

「それはライオネルさんの方ですよ……！　会場から出たあとも追跡から逃れるたびに数々の魔法を繰り出していましたし……」

昨夜、パーティー会場の扉から二人が飛び出したときのことだ。

ファティアたちは、急いであの場を離れるため、まずは繋いでおいた馬の場所まで走った。

そして二人で馬に乗り、急いでこの家に戻ろうとしたのだが、レオンの指示か、増援だと思われる魔術師たちや騎士たちと交戦することになったのである。

「ファティアも魔法で援護してくれたもんね。ありがとう」

「い、いえ、それに関してはほとんどお役に立てなかったので……」

ライオネルだけに負担をかけるわけにはいかないと、ファティアも魔術師たちに向けて魔法を繰り出したのだが、その攻撃が通ることはほとんどなかった。

指輪の魔道具で余計な魔力を吸収したあとだったので、もしかしたらものすごく強力な魔法が発動するのではと期待したのだが、普段と変わらない程度の魔法しか出なかったのだ。訓練されている魔術師や騎士たちには、力及ばなかった。

どうやら、指輪の魔道具は、魔力の吸収量だけなら効果は絶大だが、効果時間は短かったらしい。

増援の追跡から逃れることができたのは、ライオネルの巧みな戦術と魔法のおかげである。

「けれど、本当に大丈夫なんですか!?　深夜に『呪い』が発動したときは、とても苦しそうでしたけど……」

「ファティアがずっと手を繋いでいてくれたから平気だよ。だから心配しなくて大丈夫。あ、このパンっておかわりある？」

「え？　あ、あります」

「ほんと？　取ってくる」

昨夜はあんなにも激闘を繰り広げたというのに、嬉しそうにパンをおかわりするライオネルの様子は、普段とあまり変わらない。

（魔術師団の団長だった頃は、もっと凄い戦闘だってあったのかもしれないから、当然といえば当然かもしれない……）

ファティアは独りでそう納得すると、再び席についたライオネルを見やる。

幸せそうにパンを頬張るライオネルだったが、「あ……」と何かを思い出したように漏らした瞬間、申し訳なさそうに眉尻を下げた。

「ペンダントのこと、ごめんね」

「え？」

「あの女がペンダントを着けてたのに、取り戻してあげられなくて」

「……！　昨夜の状況では無理ですよ……！　ライオネルさんが謝らないでください……っ」

ロレッタが母の形見であるペンダントを着けていると確認した直後、レオンが余興の話を始め、それからあれよあれよと事件が起こったのだ。

当人のファティアでさえ、ペンダントのことは頭から抜けていた。

「昨夜は、アシェル殿下を助けることができたから、それでいいんです。……それにライオネルさん、改めて、私を守ってくださってありがとうございます」

花が咲いたような笑顔をファティアが見せる。

すると、ライオネルは嬉しそうな、それでいてどこか困ったような顔をして、額に手をやった。

「何というか、ファティアが良い子すぎて困る……」

「え!?」

「……それと、礼を言うのは俺の方だよ。アシェル殿下を助けてくれて、本当にありがとう」

「ライオネルさん……」

アシェルを助けられた事実はもちろん、ライオネルの役に立てたことが嬉しくて、ファティアは頬を綻ばせる。

しかし、とある疑問を思い出したファティアは、ライオネルにこう問いかけた。

「そういえば昨夜も思ったんですが、どうしてロレッタ《あの人》は聖女の力が一切発動しなかったんでしょう？　前は、効き目が薄いとはいえ治癒魔法を使えていましたし、ペンダントを着けていたのに……」

「それは俺も思ってた。……で、一つ仮説を立ててみたんだけどさ。多分、ペンダントに吸収されていたファティアの聖女の魔力が、尽きたんじゃない？」

――なるほど、とファティアは納得した。

以前、母の形見であるペンダントが魔力を吸収する効果を持つ魔道具かもしれないと推察したことが当たっているのなら、ペンダント内に吸収されているファティアの魔力には限りがあることになる。

ロレッタはその魔力を使うことでしか聖女の力を発動できないので、おそらくペンダント内からファティアの魔力が尽きたのだろう。

確かにそれなら、ロレッタがペンダントを着けていようと、聖女の力が発動しないことの辻褄が合う。

「そうかもしれませんね……。流石ライオネルさんです」

「……確証はないけどね。でも、レオン殿下があの女にも微量の毒を盛って、集中できないよ《魔力が練られない》うな状態にした……とかよりは可能性がありそうでしょ？　昨夜のあの女の慌てようからしてさ」

皮肉めいた言葉を口にするライオネル。

ファティアが「あはは……」と困ったように笑うと、ライオネルが「毒といえば――」と話を切り替えた。

「レオン殿下が何らかの方法でアシェル殿下に危害を加えるかもしれないとは思っていたけど、まさか毒だとは思わなかったよ。自分の腕を切り付けようとする余興にも、驚かされたし」

「本当ですね。レオン殿下のあの余興は、自分に疑いの目を向けさせないためでしょうか？」

「おそらくね。本当は初めからアシェル殿下に危害を加えて、聖女の力を見せるつもりだったんだと思うけど……。先にレオン殿下が自ら余興に買って出ることを宣言すれば、その疑いは生まれづらいと思う。……全ては、レオン殿下の策略だったわけか」

スッと目を細め、あまり抑揚のない冷淡な声でライオネルはそう話す。

――そのとき、リビングの床に、青白い光と共に魔法陣が浮かび上がった。

そして、光が落ち着くと、魔法陣の真ん中には白い封筒があった。

「差出人は――ハインリ」

立ち上がったライオネルは、魔法陣の傍まで行き、その封筒を手に持つと差出人を確認する。

ファティアは、そんなライオネルに駆け寄った。

「昨日の今日で何かあったんでしょうか？」

「昨日のことの諸々の報告だと思うけど、とりあえず朝ご飯食べちゃおう。せっかくファティアが作ってくれたんだから。手紙を読むのはそのあとでいいよ」

「そ、そうですか？」

気持ちは嬉しいが、すぐに手紙を読まなくても大丈夫なのだろうか……。

ファティアはそう思ったけれど、ライオネルの意思は強いらしく、食事を再開させた彼にファティアも続くことにした。

食事を終え、二人で仲良く洗い物を済ませたあと、ファティアたちはソファに横並びに腰掛けた。

ライオネルはナイフで封筒を切ると、中の便箋を取り出し、ファティアにも見えやすいように傾けた。

「私も読んでいいんですか⁉」

「うん。俺宛てって書いてないから、ファティアが見ても問題ないと思うよ」

「な、なるほど？　では、失礼して……」

（ハインリさん、すみません……！）

一応脳内でハインリに謝罪をしてから、ファティアはライオネルの手元を覗き込んだ。

「……」

「……」

二人は最後まで読み終えると、同時に目を合わせる。

「えっと、情報が多すぎて……頭がパンクしそうです」

「……うん。それじゃあ、一つずつ整理していこうか」

そう言って、ライオネルがまず話し出したのはアシェルのことだった。

「アシェル殿下は改めて宮廷医に診てもらったらしいけど、問題なしだって。流石ファティアだね」

「さ、流石かどうかは分かりませんが、安心しました……！」

ファティアは安堵から、「はぁ～」と深く息を吐いた。

アシェルが命の危機を脱したことは昨日の時点で分かっていたが、逆にそのことしか分かっていなかったから。

何かしらの後遺症は残っていないだろうかと不安だったけれど、どうやら大丈夫のようだ。

「それと、ハインリさんが私たちを逃がした責任を取ることにならなくてよかったですね、ライオネルさん」

ハインリは第一魔術師団の副団長であり、パーティーの護衛を任されていた人たちの中では、一、二を争うくらいに階級が高かった。

そのため、ファティアとライオネルを捕縛するという命に沿えなかったときに責任を問われるのはハインリかもしれないと危惧していたが、杞憂だったようだ。

「まあ……そうだね。アシェル殿下が上手く対応してくれたんでしょ」

ハインリのことになると途端にぶっきらぼうになるが、どこかホッとしているように見える。

あまり表には出していないだけで、ハインリの処遇が心配だったのだろう。

（……ライオネルさんはいつもはハインリさんに対して辛辣だけど、実は大好きだものね）

微笑ましいなぁ、とファティアは頬を緩める。

「――と、良い話はここまでかな」

しかし、ライオネルのその一言に、ファティアの瞳には影が差した。

「……まさか、もうあの執事が死んでるなんてね。しかも、毒で」

「……自殺、でしょうか……」

――そう。ハインリの手紙には、パーティー会場で怪しい動きをしていた執事が死亡していたということも書かれていた。

その執事がパーティー会場を出た直後、ハインリの指示により魔術師たちが執事を捕獲しようとしたのだが、そのときには既に執事は息を引き取っていたらしいのだ。

「おそらくレオン殿下の仕業だと思うよ。厳密には、レオン殿下に命じられた誰かの、ね。……執事の燕尾服の内ポケットには、ご丁寧に毒入りの瓶と遺書まで入っていたらしいから、執事に全ての罪をなすり付けるつもりなんだろう」

執事は、レオンに弱みでも握られていたのだろうか。

それとも、単純に王族の命に逆らえなかったのだろうか。

もしくは、喜んでこの役目を引き受けたのだろうか。

(今となっては、聞くことはできないけれど……)

どんな事情があろうと、人の死に胸が痛む。

ファティアが切なさに顔を歪めると、ライオネルがファティアの名を呼んだ。

「ファティア、悲しいのは分かる。……けど、自分のことを考えないといけない」

「……はい」

「ハインリの情報によると、レオン殿下は今朝から早速ファティアの捜索に乗り出したんだから」

「……っ」

レオンは確実に王位を手にするため、ロレッタを聖女だと思って婚約していた。

奇跡の存在である聖女を妻にすれば国民の支持が得られ、王位争いが優位に進められると考えたに違いない。

昨夜の事件は、もしロレッタが治癒魔法を使えてアシェルを助けられていたとしたら、自ずとロレッタを婚約者に持つレオンの株が上がる。アシェルが死ねば、自動的に王位が手に入る。

どちらにせよ、レオンにとって都合の良いシナリオが描かれていたというのに、そこにファティアが現れた。

ロレッタとは比べものにならないような強力な治癒魔法で、いとも簡単にアシェルを助けたファティアは、今頃貴族たちの間で本物の聖女だと噂になっているだろう。

欲深いレオンが、そんなファティアを放っておくはずはない。

……と、そこまでは分かっていたファティアとライオネルだったけれど、まさかこんなに早くに捜索を開始されるとは思わなかった。

ファティアは不安から、膝の上に置いてある手をギュッと握り締めた。

ライオネルはそんなファティアの手にそっと自身の手を重ね、優しい声色で話しかけた。

「……この家はアシェル殿下が秘密裏に用意してくれたものだから、そう簡単には見つからない。それか、アシェル殿下に連絡して新しい家を用意してもらってもいい。それでも、もし見つかったとしたら……絶対にファティアをレオン殿下には渡さない。俺が守るから、大丈夫だよ」

「ライオネルさん……」

ライオネルの言葉は不安を取り除いてくれる。胸が温かくなるような、安心感を与えてくれる。

(でも)

初めて会ったときも、街で騎士たちに捕まえられそうになったときも、昨夜のパーティーのときだって、結局ライオネルが守ってくれていた。

運良くライオネルは怪我をせずに済んだけれど、次は分からない。

それに、ライオネルが魔法を使えば、数時間後には『呪い』が発動する。彼は苦痛に耐えなくてはいけなくて、ファティアはそんなライオネルの手を握ることしかできないのだ。

(……これじゃだめだ)

ファティアは俯いていた顔を上げて、ライオネルを見つめた。

「私も、ライオネルさんのことを守りたいです。だから、一つお願いがあります」

「お願い……？　ファティアがレオン殿下のところに自ら赴くって言うなら、どんな手を使ってでも止めるけど」

「いえ、そうではなくて……！」

自己犠牲を払えば、ライオネルを危険な目にあわせることはなくなるかもしれないが、それでは根本的な解決にならないとファティアは分かっている。

だから、ファティアはライオネルの手元にあるハインリからの手紙に一瞥をくれてから、再び口を開いた。

「ロレッタが聖女であると嘘をついたことがどのような罪になるかが決まるまでの間、彼女はレオン殿下所有の別荘で軟禁されていると手紙には書いてありますよね。母の形見であるペンダントをパーティーにも着けてくるくらいだから、おそらく軟禁先にも持っていくと思うんです」

「うん。その可能性はあると思う……って、もしかしてファティア……」

察しの良いライオネルには、もう分かったらしい。

ファティアはコクリと頷いて、覚悟を込めた瞳でライオネルを射貫いた。

「はい。軟禁先に乗り込んで、ペンダントを返してもらおうと思っています。その許可を、いただきたいのです」

ペンダントさえ使えれば、おそらくもっと強力な魔法を使えるだろうから、ライオネルに守ってもらわなくても済むことが増える。

——何より、ライオネルを『呪い』から解放してあげられるかもしれない。

そうしたら、ライオネルは魔術師団に戻って、前と同じように好きに魔法を使えるかもしれないのだ。

「……ファティアの言いたいことは分かったけど、もしかして一人で行く気じゃないよね？」

余裕のない声色でほぼ確認のような問いかけをするライオネル。

ファティアの手を握り締める彼の手には力が込められ、動揺が窺える。

そのライオネルの言動が、彼の優しさからきていることを知っているファティアは、頷いた。

「はい、私一人で行くつもりです」

「それはどうして」

ファティアはできるだけ明るい声色で答えた。

「……自惚れているつもりはありませんが、私はこれでも全属性の魔法を使えます！　それほど強い威力の魔法は使えませんが、ロレッタ一人ならどうにか——」

「……戦闘訓練を受けてないファティアが、そう簡単に人に向かって攻撃魔法を発動できるとは思えないけど」

「それは……」

確かに、自分の身や誰かを守るために致し方なく攻撃魔法を発動するのはともかく、自発的に人に向けるのは抵抗がある。

ライオネルの言う通りだと、ファティアは思った。

(手荒い真似はしたくない。本当は誰一人傷付けることなく、ペンダントを返してもらうのが一番平和だと思うけど……)

ロレッタはあの性格だ。大人しく話し合いに応じてくれるわけはない。

「それに、レオン殿下なら、ファティアの素性くらいすぐに調べられる。もしあの女から『ファティアのお母さんの形見のペンダントを奪った』っていう話まで聞かされていたら、ファティアが軟禁先に取りに来るのを見越して、腕の良い魔術師や騎士たちを警備として配置するよう命じているかもしれない」

「そ、それは……」

「それに、軟禁先がレオン殿下所有の別荘っていうのがちょっと気になる。……まあ、あの女はまだレオン殿下の婚約者だろうから、地下牢に入れるのは体裁が悪い……って考えなだけかもしれないけど」

ライオネルの言うことが当たっているとしたら、軟禁先にファティアが一人で向かえば、即刻捕まるだろう。

もう二度と、ライオネルと一緒にご飯を食べたり、街に出かけたり、他愛もない話をしたりできなくなるかもしれない。どころか、一切会えなくなる可能性だってある。

（それは……嫌だ。でも、これ以上ライオネルさんにばかり頼るのも……っ）

——そう、ファティアが思ったときだった。

「今回のこと、ファティアが俺のことを思って、一人で行くって言い出したんだって分かってるよ」

「ライオネルさん……」

「ありがとね、ファティア。……でも俺は、怪我をしたり、『呪い』が発動したりするよりも、ファティアが危険な目にあったり、こうやって傍にいられなくなったりする方がずっと嫌だし、苦しい」

こんなふうに言われたら、甘えたくなってしまう。

ファティアはその気持ちを押し殺し、「……っ、でも——」と口にしたのだが、その続きが出ることはなかった。

「ふぇ……!?」

ファティアに重ねていた手を離したライオネルが、両手で彼女の両頬を包み込むようにムギュッと押さえたからだった。

「にゃ、にゃにを……っ（な、何を……っ）」

「ファティアが、素直に甘えてくれないから」

「……!?」

「だから、実力行使に出ようと思って」

ライオネルはそう言うと、ファティアの顔に自身の顔を少しずつ近付けていく。

惚れ惚れするほどに整ったライオネルの顔が迫ってくる様に、ファティアは手足をバタバタとさせた。

「……ファティア。次に『でも』とか『だけど』とか言ったら、口塞ぐからね」

「……ふぁい⁉（はい⁉）」

「ナニで塞ぐかなんて、流石に言わなくても分かるよね？」

「〜〜っ⁉」

美しい形をしたライオネルの唇の端がきゅっと上がる。

ライオネルが何を言いたいのかを理解できてしまったファティアは、そこに目が釘付けになりながら返答した。

「わ、わかりましゃたかりゃっ（分かりましたからっ）」

その後ファティアは、ライオネルの作戦に敗れて、彼を頼ることになった。

決行は早いに越したことはないということで、何と明日だ。

（明日ペンダントを取り戻せるのかもしれないと思うとドキドキするな……。それに……）

ライオネルの顔が離れていってからも、ファティアは恥ずかしさの余韻がまだ残っていて、顔が真っ赤だった。

（あのまま『でも』や『けれど』と繰り返したら、本当にキス、されていたのかな……）

ファティアが悩む一方で、ライオネルは今にも鼻歌を始めそうなほどに上機嫌だ。

（……けど）

若干顔が疲れて見えるのは、気のせいだろうか。目の下には薄らと隈があるようにも感じる。

（……家と王城間の馬での往復に、日付を越えてからの帰宅。それからすぐ、『呪い』が発動したから、おそらくそれほど眠れていないはず。……疲れているのも当然ね）

ファティアは先程の羞恥は一旦頭の端に追いやり、心配な面持ちでライオネルに問いかけた。

「朝ご飯を食べたばかりですけど……お昼寝しますか？」

「え？」

「ライオネルさん、寝不足ですよね？　明日レオン殿下の別荘に行くのなら、なおのこと体を休めた方がいいかと思いまして……」

ファティアの提案に、ライオネルは少しばかり悩む素振りを見せてから、ニコリと微笑んだ。

「そうかも。それじゃあ、少し横になろうかな」

「は、はい！　どうぞ！　私は外で修行していますので、ごゆっく――」

「何言ってるの。ファティアも一緒に寝るに決まってるでしょ？」

「はい……っ!?」

突然何を言い出すのだろう。

ファティアは合意も拒絶も忘れて、目を丸くした。

するとライオネルは、そんなファティアに微笑み、彼女の耳元で囁いた。

「……因みに、ファティアが休まないなら俺も休まないよ」

「……っ⁉　それは狡くありませんか⁉」

「狡くないよ。ファティアの扱い方が分かってきたって言ってほしいな」

ライオネルはそう言うと、いきなりファティアを横抱きにして、ベッドへと優しく下ろした。

突然のことに「な⁉」「え⁉」「あれ⁉」と困惑した様子のファティアに、ライオネルはまたもや笑みを浮かべる。

「大丈夫。取って食いはしないよ。抱き枕にするだけ」

「抱き枕……⁉」

「うん。よろしく」

それからライオネルもベッドに横になると、ファティアを抱き締めるようにして目を瞑った。

ファティアはライオネルに包み込まれているので彼の表情を見ることはできないが、心臓の鼓動からしてリラックスしているんだろう。

（私の心臓は今にも爆発しそうなのに……！）

と、思っても口に出せるはずもなく、ファティアはライオネルに休んでもらうためだからと抵抗することはなかった。

どころか、ライオネルの体温と心臓の音、つい先日干したばかりの布団の気持ち良さと、昨夜の疲れが影響してか、瞼が重たくなってくる。

「おやすみ……ファティア」

「は、はい……おやすみ、なさい……」

明日も、明後日も、これからこの先ずっと、こうやって穏やかな日々を過ごせるといいのに。

ファティアはおぼろげにそんなことを願いながら、瞼を完全に閉じたのだった。

第19章　『元聖女』は『元天才魔術師』と軟禁先に踏み込む

――次の日の早朝。

どんよりとした雲が立ち込める空を見上げたファティアは、すぐに視線を下げた。

そして、いつも移動の際に世話になっている馬の首あたりを優しく撫でた。

「ごめんね。今日は沢山走ってもらうことになると思うけど、ちゃんと休憩は取るからね」

今日これから、ファティアはライオネルと共にロレッタが軟禁されている別荘へと向かう。

別荘の場所は昨日のうちにライオネルがハインリに調べるよう連絡し、そこまでの地図は既に転移魔法により送られてきている。ついでに別荘の鍵もだ。

ハインリだけでなく、アシェルも協力してくれたらしい。

（今度お会いしたら、改めてお礼を言わなくちゃ）

「ファティア、この空だと雨が降るかもしれないから、早速行こうか」

「はい。分かりました」

距離はおおよそ、馬を走らせて三時間するかしないかだ。

ファティアは、先に馬に乗ったライオネルの手助けのもと、馬の背に乗る。

ポジションはライオネルの前。横座りしているファティアを抱き締めるようにしてライオネルが手綱を握っている。

「そんなにスピードを出すつもりはないけど、落ちたら大変だからちゃんと抱き着いててね」

「はい……！　よろしくお願いします……！」

できる限り平静を装いながらも、ファティアの内心は恥ずかしさでいっぱいだった。

（ああ……！　自分から抱き着くのって、何度しても慣れない……！）

耳まで真っ赤に染まったファティアに、ライオネルは「可愛いなぁ」と呟いたが、その声をファティアが気付くことはなかった。

◇◇◇

——二人が家を出発し、別荘に向かってから約三時間が経った頃。林道を抜けた二人には、ようやく別荘が見えてきた。

ライオネルは「もう少しで到着だね」と言ってから、ファティアに視線を送る。

「今のうちに、作戦を確認しておこうか……まあ、作戦って呼べるほどのものはないけどね」

ファティアはライオネルに抱き着きながら、彼の顔を見上げた。

「まずは、ライオネルさんが魔力探知をして、別荘の警備の数を確認するんですよね？」

「そう。因みに、もう魔力探知してるけど、今のところあの屋敷から感じる魔力は微量な一つだけ。魔術師のものとは到底思えないから、多分あの女のものだろうね」

そこから分かるのは、少なくとも現在の別荘に魔術師がいないということだ。

魔力を持たない騎士たちが警備に当たっている可能性はあるが、レオンが本気でファティアを手に入れようとするならば、自分の派閥である魔術師団の人間も配置するのが普通ではないだろうかとファティアは思う。

それを踏まえると、現時点で別荘には、レオンが手配した警備がいる可能性はかなり低い。

「油断はできないけど、このままなら侵入するのは難なくできそうだね」

「はい。おそらく使用人の方も数人いるでしょうから、あまり大事にならなければいいんですが……」

「そうだね。可能な限り平和な方法でペンダントを取り戻さないとだもんね？」

確認のために問いかけたライオネルに、ファティアはコクリと頷いた。

「はい。すみません。私の我が儘で……」

弱いながらも魔法を使えるようになってファティアが思ったのは、魔法はとても便利で面白いということと、使い方によっては恐ろしいということだ。

建物を破壊することも、命を奪うことも簡単にできてしまうから。

全盛期のライオネルのような、山を簡単に消し飛ばすほどではないファティアの魔法でも同様にだ。

だから、ファティアはロレッタに対して、あまり一方的に魔法を行使したくなかった。

もちろん、ペンダントを取り戻すため、彼女の体の動きを止めたり、拘束したりする程度の魔法は使うつもりだ。

けれど、ろくに魔法を使えないロレッタを過剰に傷付けるような真似はしたくなかったのだ。

もちろん、その周りにいる人々も。

「何で謝るの？　いくら憎い相手でもさ、できるだけ平和な方法で解決したいっていうのは、むしろ凄いことだと思うけど」

「ライオネルさん……」

「だから謝らなくていいよ。……それにほら、もう着くよ」

気持ちを汲んでくれたライオネルには感謝しかない。

ファティアは「ありがとうございます」と口にしてから、進行方向に視線を移した。

別荘までの距離は、およそ百メートル。

ライオネルがいてくれるから心強いし、もう少しで母の形見を取り戻せるかもしれない状況はこの上なく嬉しいはずなのに、何故か胸がざわついていて嫌な予感がする。

（どうか、何も起こりませんように……）

ファティアは無意識に表情を曇らせる。

ライオネルはそんなファティアの異変に気付いたのか、一旦馬を止めた。

そして、ファティアを包み込むように抱き締めながら、片手で彼女の頭をぽんぽんと優しく叩いた。

「ライオネル、さん……？」

「不安な顔してるけど、俺がついてるから大丈夫、大丈夫だよ」

「……っ」

ライオネルの声は、酷く優しい。まるで、春風のような、それでいて日だまりのような温かさがある。

それはファティアの中にある恐怖という塊を、簡単に溶かしていった。

ファティアはライオネルの背中にそっと腕を回しながら、こう言った。

「ライオネルさん、ありがとうございます。私はもう、大丈夫です」

「……ほんと？　強がりじゃない？」

「はい。ライオネルさんの魔法のおかげです」

「魔法？」

キョトンとするライオネルに、ファティアは「ふふ」と微笑んだ。

「ライオネルさんの言葉はいつも、私に勇気だったり、元気をくれます。……だから、まるで魔法みたいだなって」

「……俺の方こそ、いつもファティアに魔法をかけてもらってるよ」

「え？」

「いや、何でもない」

その会話を最後に、二人は地面に足をつけると、ライオネルは別荘近くの木に馬を繋いだ。

「沢山走ってくれてありがとう。すぐに戻ってくるから、それまでは休憩していてね」

ファティアは馬に礼を伝えると、別荘に向かってライオネルと共に歩みを始めた。

（お母さん、もう少しで取り戻せるから……待っててね）

亡き母への思いを胸に抱きながら、ファティアたちは別荘の玄関に繋がる階段を上る。

そして、ファティアはライオネルから別荘の鍵を受け取ると、一瞬だけ見つめ合ってから、鍵を使おうとした。

――そんなときだった。

「来ると思ったわ、ファティア」

「「……！」」

内側から突然扉が開いたと思ったら、そこには真っ赤なドレスを身に纏った、ロレッタの姿。手には手鏡のようなものを持っており、ニヤリと口元に弧を描いている。

（来ると、思った……？）

ロレッタの笑みは今まで見た彼女のどんな表情よりも悍《おぞ》ましい。

同時に、彼女の言葉に疑問を持ったファティアだったが、次の瞬間、思いもよらないことが起こった。

「でも……残念でした。ばいばい」

「えっ」

突如としてロレッタが持つ手鏡が光り出すと、まるで磁石同士が引き合うように、ファティアの体は手鏡の中に吸い込まれたのだった。


「ファティア――!!」

突然手鏡の中に吸い込まれ、この場から姿を消したファティアに向かって伸ばしたライオネルの手が空を切る。

（一体どういう……ファティアは無事なのか……っ）

困惑と絶望が入り交じった表情をしているライオネルを、ロレッタは馬鹿にしたように笑った。

「ぷっ、あははは！　貴方の名前……確か、ライオネル、だったかしら？　こんなところに一人で来てどうしたの？　もしかして私に恋い焦がれて、わざわざいらしたのかしら？」

「お前……っ」

まるで初めからこの場にファティアがいなかったと言わんばかりの発言と、こちらを煽るような言葉の数々。

更にファティアを守れなかった自身の不甲斐なさに、怒りが込み上げてきたライオネルは練り上げた魔力を手に集中させた、のだけれど。

(……だめだ。ファティアを助けたいなら、冷静になれ)

自分自身にそう言い聞かせ、ライオネルは心を落ち着かせる。

ロレッタを攻撃すれば、ファティアが消えた原因であろう手鏡を破損させてしまうかもしれないからだ。

(そもそもこの手鏡……。まさか――)

持ち手のところに魔石のようなものが付いていることから、おそらくこの手鏡は魔道具の一種なのだろう。

人を吸い込む魔道具なんて見たことも聞いたこともなかったが、ライオネルはまさか……と一つの仮説を立てた。

(鏡に吸い込んでいるというよりは、鏡を出入り口として人を移動させる魔道具なのか……?)

そういう魔道具が存在することは風の便りで聞いたことがある。

鏡が二つあり、その鏡を介せば人の移動が可能になるのだとか。

（魔法陣を描いて発動する転移魔法は、人には負荷がありすぎて物質にしか使えない。鏡間とはいえ、人を移動させることができる魔道具があれば便利だと思って、部下に積極的に探させていたけれど……）

まだこの手鏡がライオネルが想像する魔道具だとは言い切れないが、もしそうだった場合、何故ロレッタが持っているのだろう。

導き出される結論は、一つしかなかった。

（レオン殿下ならば、部下を使って個人的に魔道具を探させることも可能だし、魔術師団団員が見つけた魔道具を、権力を行使して奪い取ることも可能だ）

――つまり。

もしも全ての仮説が合っているとすれば、ファティアの行き先は――。

「……それを、貸せ」

急がなければ、ファティアがどんな目にあうか分からない。

ライオネルはそう考えて、ロレッタが持つ手鏡を奪おうと手を伸ばした。

「あーら！　私に集中していてもいいの？」

次の瞬間、ライオネルは今の今まで感じなかった多数の魔力を背後から感じ、素早く振り返った、のだけれど。

「……っ」

数えきれないほどの刃のような形をした風魔法攻撃に襲われ、ライオネルは痛みから片膝を地面に預ける。

咄嗟に避けたり、魔法で風の刃を撥ね除けたものの、あまりの数に全てを対処することは叶わなかったのだ。

服はところどころ破れ、その箇所からは出血していた。

「ふふ……。ファティアの味方なんかするからよ。いい気味ね、ライオネル」

背後から聞こえたロレッタの声は酷く楽しそうだが、今はそんなことはどうでもいい。

ライオネルは痛みで浅い呼吸を繰り返しながら、目の前にいる人物たちに鋭い目を向けた。

「お前たちは……レオン殿下専属の魔術師」

数は三名、全員男。

その全員が、紺色のローブを羽織っており、このローブこそがレオンの専属魔術師であることを証明している。

痛みに顔を歪めるライオネルとは反対に、涼しい顔をした専属魔術師の一人──自らの周りに風の刃を纏わせた男が口を開いた。

「……元第一魔術師団の団長、ライオネル・リーディナナント。貴様に個人的な恨みはないが、この場で処理させてもらう」

「……なるほどね。そういうこと」

ライオネルはそう言うと、玄関前の階段から下り、専属魔術師と向き合う。

――専属魔術師は基本的に主人から離れない。昨夜のパーティーにも、彼らの姿はあった。例外があるとすれば、主人に命じられたときのみだ。以前ファティアと街に出かけてレオンたちに会った際に彼らがいなかったのも、そのためだろう。

つまり彼らは今、レオンに命じられ、ライオネルを亡き者にするためにこの場に現れたということだ。

（いや、現れたとは少し違うかな……）

専属魔術師たち三人の耳には、揃いも揃って白魔石が付いたイヤリングが着けられている。

――あれは、魔力を遮断するための魔道具。

ライオネルが息をするように魔力探知をこなせることは、魔術師界隈では有名であるため、彼を欺くために着けているのだろう。

魔法を扱う際は魔力遮断の効果が切れてしまうが、ライオネルのような相手を待ち伏せして、奇襲を仕掛けるにはもってこいの魔道具なのだ。

ファティアの姿が消えた直後に姿を現したことから、彼らが先にこの周辺に潜んでいたのは間違いなさそうだ。

（つまり、俺とファティアはまんまとこの別荘に誘い込まれたというわけだ）

おそらくレオンは、ファティアの母の形見のペンダントについての話をロレッタから聞いたのだろう。

聖女であるファティアをどうしても自分のものにしたいレオンは、ファティアの居場所を突き止めるよりも誘い出す方が早いと考えたに違いない。

（この女の軟禁場所がどうしてレオン殿下所有の別荘なのか不思議だったけど、ファティアを誘い出したいなら、王城の地下牢に入れるわけがないよね）

ライオネルを亡き者にしたいという点から考えても、レオンが思うがままにできる別荘周辺の方が、都合がいいのだろう。

「ちょっと貴方たち～！　早くその男をやっつけちゃいなさいよ‼　三対一でしょう？」

ライオネルと専属魔術師たちが互いに間合いを見計っているところに、そんなロレッタの声が響く。

その声に反応したのは、先程風の刃でライオネルを攻撃してきたのとは違う、三人の中では一番若そうな男だった。

「確かに、ロレッタ様の言う通りですよ。いくら彼が天才と謳われていた魔術師とはいえ、もう隠居した身。日々鍛錬を積んでいる我々が負けるはずはない！　サクッとやっちゃいましょう！」

そう言って、若い男は両手に炎を纏わせながら、ライオネルに向かって突っ込んでいく。

「おい、待て……！」

リーダー格と思われる風魔法の使い手が制止するが、若い男は「大丈夫ですよ！」と自信満々な様子だ。

「俺も……なめられたものだね」

彼らとは直接手合わせをしたことはなかったけれど、王族の専属魔術師になるくらいだから、相当な手練れなのだろう。

『呪い』に苛まれてから、ファティアに出会うまでの間――魔力量が全盛期の十分の一しかない頃だったら、負けていたかもしれない。

――けれど、今はファティアのおかげで、全盛期の半分程度まで魔力量が回復している。

それに、ライオネルの凄さは魔力量だけでなく、全属性の魔法を手足のように扱えるところなのだ。

「お前みたいに油断してる奴、悪いけど相手にならないよ」

ライオネルはそう言うと、右手に火魔法、左手に風魔法を発動させる。

そして、左右の魔法の威力を一瞬で微調節してから、一直線にこちらに向かってくる専属魔術師に放った。

「……なっ⁉　ぐぁぁぁ‼」

専属魔術師はライオネルの攻撃に対して持ち前の火魔法をぶつける。

しかし、それはライオネルの風により強化された激しい炎によって意味をなさず、専属魔術師は瞬く間に直径十メートルほどの大きさの猛火に包み込まれた。

「あづぃぃぃぃ……!!　たす、けてぇぇ……!!」

猛火の中から逃れることができず、手足をバタバタとさせる専属魔術師。

残りの魔術師は火の届かないところまで瞬時に退避し、ロレッタも同様に別荘の裏手に隠れる。

「あ、あんなの、我々に勝てるはずがない……!!」

「何なのよ、あのライオネルって男……！　化け物じゃない……っ」

そんな彼らの目に恐怖が滲むのと同時に、体がガタガタと震える。

ライオネルは残りの専属魔術師とロレッタの居場所を目で追いつつ、今度は両手に水魔法を発動した。

そして次に、その水を一気に猛火に向けて発射すれば、一瞬で鎮火した。

「……っ、大丈夫か！」

すると、仲間の専属魔術師たちは倒れている若い男のところまで走っていき、彼の安否を確認した。

「意識は失っているが、生きているぞ……！」

「よかった……！」

安堵する専属魔術師たちに、ライオネルは少し遠い場所から声を掛ける。

「魔術師に支給されるローブは耐火性能が高いから、おそらく体は無傷だと思うよ。顔あたりにはあまり火がいかないように調節したし。今は精神的ショックで倒れてるだけ」

「……！　何故、命を奪わなかったんですか……？」

「君たちを殺したいと思うほどの恨みはないから。それと、ここに来たのは命令でしょ。ああ、でも、倒れてるそいつにはあとで教育しておいた方がいいよ。敵が誰でもなめてかかるなって。

……それと、君たちには悪いけど」

ライオネルはそれだけ言うと、仲間を心配した表情で見つめる魔術師たちに手のひらを向け、風魔法を放った。

「ファティアを助けに行かなきゃいけないから、少し眠ってて」

専属魔術師の二人は勢いよく木に打ち付けられ、意識を手放した。

厄介になり得た専属魔術師の三人は意識を失っていて、しばらく目を覚まさないはずだ。

とすれば、あとはファティアをどこかへ送った張本人――ロレッタのみ。

(あの女には、色々と確認しないといけないことがある)

ライオネルは鋭い視線をロレッタに送った。

「さて、あとはお前だけだ」

「ヒィイイ……!!」

恐怖に呑まれたのか、ロレッタは体を震わせながら、ずるずると後退る。

おそらく、ライオネルの魔法の威力に恐れをなしたのだろう。

猛火に包み込まれた専属魔術師はローブとライオネルの慈悲のおかげでそれほど大事にはならなかったが、ロレッタにはローブも、ライオネルに慈悲を向けてもらえる可能性もないのだから。

「ねぇ、鬱陶しいから逃げないでくれる？」

ファティアの元に向かいたいライオネルは、そんなロレッタのところまで走って向かう。

そして、ロレッタを壁際に追い込むと、ライオネルはすぐさま彼女の手から手鏡を奪い取って、地面に響くような低い声で問いかけた。

「一応聞くけど、これって対の手鏡に人を転移させる魔道具で合ってる？」

「……し、知らない……！」

「じゃあ、この手鏡は誰からもらったの？」

「し、知らないってば……!!　しつこいわね……!!」

「……ふぅん」

ライオネルに、人をわざわざ怖がらせてその様子を楽しむ趣味はない。

先程、レオンの専属魔術師の一人を殺したように見せかけたのだって、残り二人の戦意を削いで、いち早くロレッタに話をつけるためだった。

だから、ロレッタがここで手鏡について知っていることを話すのであれば、必要以上に脅かすつもりはなかった。

(けど、この女を懐柔して話を聞き出す暇はないし、そんなことをしてやる義理はない)

相手はファティアを苦しめた張本人。彼女の生きる希望だった母の形見であるペンダントを奪い、聖女の力さえも奪った女なのだから。

「……ファティアはお前みたいな最低な女でも、可能な限り傷付けずに済ませたいみたいだったけど」

「は？　な、何よ急に……っ」

「俺は、ファティアほど優しくないよ」

ライオネルはそう言って、右手に水魔法の応用で氷を作ると、それを刃のような形に変えた。

ロレッタは目をぎょっと見開き、口を大きく開いた。

「……！　なっ、何をするつもりよ……!!」

「正直に話すまで、この氷の刃でお前の顔に傷を作ってやろうかと思って」

「いっ、嫌っ！　やめて……!!」

氷の刃の切っ先をロレッタの頬の近くに持っていけば、彼女の目にはじわじわと涙がたまり始めた。

そんなロレッタにライオネルは一切同情することなく、言葉を続ける。

「ああ、氷がお気に召さないなら、さっき俺が彼らにやられたように、風の刃にしようか？

何なら髪の毛も切ってあげてもいいし、顔だけじゃなくて体ごと切り刻むのもいいかもしれないね」

「……あっ、あっ、やめ、やめて……っお願い……っ」

ロレッタの頬にツゥ……と涙が伝う。

ライオネルはロレッタの涙を見て、苦虫を噛み潰したような顔を見せた。

「ファティアも今のお前みたいに何度も頼んだはずだよ。ペンダントを返してほしいって、何度も、何度も……っ。それなのに、お前はそれを聞いてあげたわけ……？」

「あ……」

——ああ、腹が立つ。言われたことが事実だと言わんばかりの、目を見開いたその顔。

自分はファティアの望みを聞いてやらなかったくせに。何故自分の望みだけは叶うと思っているのだろう。

「……実は本気で傷付けるつもりはなかったんだけど、気が変わった」

ライオネルは手に持つ氷の刃を振り上げる。

そして、それをロレッタの顔に向けて振り下ろそうとした、そのときだった。

「……っ、嫌っ、やめて、おねが……っ、言うから……っ、言うからぁ……!!　この手鏡は、レオン様に渡されたのぉ……!!」

——ピタリ。

ライオネルは振り上げた腕を止めて、ゆっくりと下ろす。

ロレッタを鋭い目で睨み付けたまま、「それで？」と問いかけた。

「あんたの言う通り、この手鏡は魔道具よ……！　人を転移させるね！　対の手鏡を持っているのはレオン様で、私はレオン様の命令に従っただけなの……！　仕方ないじゃない……！　レオン様の命に従わなきゃ、私も家族も死刑になっちゃうんだからぁぁぁ!!」

それからロレッタはボロボロと泣き始めると、膝から崩れ落ちる。

その姿は、見る者によっては同情を誘うのだろう。しかし、ロレッタがどれだけファティアのことを傷付けたのかを知っているライオネルは、彼女に対して一切同情の気持ちは湧かなかった。

「じゃあ、もう一つ質問。お前がファティアから盗んだペンダントは、今どこにある？」

「レオン様が持ってるわ……！　いい使い道があるからって……っ」

「……！　そう」

手鏡のことについての確認と、ファティアの母の形見であるペンダントの行方が分かったため、手に持っていた氷の刃を消す。

そして、ライオネルはロレッタと目を合わせるためにしゃがみ込んだ。

「……これからお前がどんな目にあおうが、どれだけ辛い目にあおうが興味はないけど、脅すような真似をしたことは悪かった」

「えっ……」

　これは、ファティアへの贖罪だ。

　ファティアは平和的な方法を望んでいたのに、ロレッタに対して脅しという方法を使った自分への、けじめの言葉だ。

（ごめんね、ファティア。……すぐに助けるから、無事でいて――）

　ライオネルは立ち上がると、ロレッタから奪い取った手鏡に魔力を注いだ。

第20章　『元聖女』は『第一王子』に脅される

――時間は少し遡《さかのぼ》る。

ライオネルがレオンの専属魔術師と交戦していた頃。

ファティアはぐわんぐわんと揺れる感じを覚えながら、ふと目を覚ました。

「ここ、は……どこ……？」

カーテンが閉めきられているため、やや薄暗い。気持ち悪くてもう一度眠ってしまいたかった。

それでもファティアは、どうにか上半身を起こすと、必死にあたりをキョロキョロと見回した。

「これ、ベッド……？　つまりここは寝室……？」

えらく柔らかな場所に寝ていると思ったら、どうやら大きなベッドの上にいるみたいだ。

触り心地の良いシルクの枕に、同じシルクのシーツ、緑色の生地に金色の刺繍が施された天蓋は、この部屋の持ち主がかなりの身分であることを示している。

「どうして私がこんなところに……って、そうだ……。私さっき……」

確かに先程まで、ファティアはレオンが所有する別荘の玄関先にいた。

そうして玄関扉が開いてロレッタが現れ、突然彼女が持つ手鏡の中に吸い込まれたのだ。

おそらくそのとき、意識を手放したのだろう。

「つまりここは、手鏡の中の世界……？　それとも、どこかに飛ばされたの……？」

どちらにせよ、そんなことができるのは魔道具だろう。

しかし、魔道具は貴重なもので、限られた人しか手に入れることができない。

「ロレッタの身近にいて、魔道具を入手できる人なんて、そんなのレオン殿下くらいじゃあ……」

もしもその考えが合っているのならば、休んでいる場合じゃない。

未だに脳みそが揺れている感覚で気持ち悪いが、早くこの場から逃げ出さなければ。

(それに、ライオネルさん……っ、ライオネルさんはどうなってるの……⁉)

ファティアは状況把握をそこそこに、急いでベッドから下り、出入り口と思われる扉へと向かう。

——しかし、そのときだった。

「やあ、お目覚めか？　聖女様。そんなに急いでどこに行こうとしているんだ？」

ガチャリと音を立てて入室してきたのは、ファティアの予想通り、レオンだった。

笑みを張り付かせたその表情には恐怖しか覚えず、ファティアは何歩か後退る。

「……っ、レオン、殿下……」

「ああ、そんなに怯えないでくれ。突然のことで驚いているだろうから、きちんと説明してやろう」

「ここは、どこなのですか」

ファティアがそう問いかけると、レオンは上着のポケットからロレッタが持っていたものとそっくりの手鏡を取り出した。

「ここか？　ここは王城にある私の部屋だ。ロレッタが持っていた手鏡は魔道具で、私が持っている手鏡との間を転移することができてね。……瞬間的に移動する弊害として体に多少の負荷がかかるはずだから、今は立っているのがやっとだろう？」

「……っ」

手鏡の謎や、その持ち主、現在地は分かった。

しかし、三半規管が乱れているからか、レオンの言う通り立っているのがやっとで、彼の背後にある扉から逃げ出すのは叶いそうになかった。

「まあ、一旦座ったらどうだ？　私はそなたと話がしたくて、ここに呼んだのだ。言うことさえ聞けば悪いようにはしない」

「そんなことよりも、ライオネルさんはどうなってるんですか……っ、彼は無事なんですか

「……!?」

おそらくレオンならば、あの別荘にライオネルが来ることも予想済みのはずだ。

離れ離れになったライオネルのことが心配でそう質問を投げかければ、レオンはニヤリと笑った。

「今頃死んでるんじゃないか？」

「……え」

「そなたがここに送られたのを確認次第、私の手駒である魔術師たちにはライオネルを殺すよう命じてあるからな。この前街でライオネルに会ったときは、思いの外強力な魔法を扱えるものだから驚いたが、流石に腕の良い魔術師が三人いれば、負けることはないだろう」

「……っ」

たとえ『呪い』があろうと、ライオネルがとんでもなく強いことをファティアは知っている。

けれど、相手もまた実力者だと言うレオンの言葉が正しいのであれば、ライオネルが無傷で済むとは考えづらかった。

それこそ、レオンが言うようにライオネルが負けるなんていうことも――。

「……いえ、ライオネルさんは、絶対に負けません」

「ほう？　何の根拠があって言っているのだ？」

ファティアは魔術師ではないし、敵の強さが分からない以上根拠なんてない。ただ……。

「私はライオネルさんを、信じていますから」

迷いのないエメラルドグリーンの瞳をレオンに向け、ファティアははっきりそう告げる。

レオンは不快だと言わんばかりに頬をピクピクと引き攣らせた。

「……そうかもとは思っていたが、お前、ライオネルのことが好きなのか？」

「……っ、はい。そうです」

「……ほう」

レオンは顎に手を当てて考える素振りを見せると、再び厭らしく口元に弧を描いた。

「それならなおのこと、ライオネルには死んでもらわなければ困るな」

「……!?」

「私とそなたの未来に、奴の存在は間違いなく邪魔になるだろうからな」

「み、らい……？」

レオンのその言葉により、以前ライオネルが『レオン殿下は確実に王位につくために聖女だと思われるロレッタを婚約者に迎えた』と言っていたのをファティアは思い出し、背筋が凍った。

「そう。さっき話があると言っただろう？　それが、聖女であるそなたと、この国の第一王子である私の結婚についてだ」

レオンは近くにあったテーブルに手鏡をゆっくりと置くと、ファティアの方に向かって歩いてくる。

「い、嫌です……っ、貴方と結婚なんて、絶対に嫌……っ」

ライオネルを『呪い』で苦しめ、今は殺そうとしているレオンの妻になんて絶対になりたくない。

ファティアは首をフリフリと横に振りながら後退っていた、のだけれど。

「残念だが、もう逃げ場はないぞ」

背中にはひんやりとした壁。目の前にはレオンの姿。

逃げ場をなくしたファティアの手足は冷たくなり、瞳には絶望が滲んだ。

「素直に私の妻になると誓え！　そうすればこの国で一番権力を持つ女になれるんだぞ？　ドレスに宝石、欲しいものは何だって手に入る……！」

「そんなものはいりません……！　私をここから出してください……！」

その瞬間、ファティアは必死に魔力を練り上げると、風魔法でレオンの胸あたりに衝撃を加える。

かなり弱い魔法だが、レオンの体勢を崩すことには成功したので及第点だろう。

ファティアは人に対して攻撃魔法を放つのにかなりの抵抗があったが、このときは無我夢中だった。

（ここから、逃げなきゃ……っ）

それからファティアはふらつく自分の体にムチを打って、扉に向かって必死に走る。

（よしっ、もう少し……！）

しかし、あとほんの少しで扉に手がかかるというところだった。

ファティアは追いかけてきたレオンに髪の毛を思い切り掴まれた。

「いたっ……！」

「お前、聖属性魔法以外も使えたのか……！　将来の妻だからと優しくしてやれば、付け上がりやがって……！　クソ……！」

「きゃぁぁ……！」

レオンは汚い言葉を吐き捨てると、ファティアの髪を力強く掴んだまま、ベッドの方に歩いていく。

それから力任せにベッドにファティアを投げ付けると、レオンは彼女に馬乗りになり、胸ポケットからとあるものを取り出した。

「おい、これをよく見ろ」

「……!?　それはお母さんの形見のペンダント……っ」

真っ赤な魔石の付いたペンダントを乱暴に掴むレオン。

ファティアはそんなレオンに対して、困惑の表情を見せた。

「どうしてレオン殿下がそれを――……」

「ロレッタからこのペンダントについて話は聞いた。これはそなたの母の形見で、是が非でも取り戻したいものだとな」

「……」

だから返してあげよう、なんて都合の良い展開にならないことくらい分かる。

ファティアは窺うような表情で問いかけた。

「そのペンダントを、脅しの材料に使うおつもりですか……？」

「ふははははっ!!　それは語弊があるぞファティア！　私は脅しなんてしない。ただ……交換条件を提示したいだけだ」

交換条件と言えば聞こえはいいが、この状況でそんな言葉を言われても好意的に受け取れるはずはなく、ファティアは眉間に皺を寄せる。

一方レオンは再び主導権を握れたからか、愉快と言わんばかりに薄らと目を細めた。

「そなたと紙面上結婚することは容易い。しかし、私にいらぬ反抗心を持たれては面倒なんでな。……私との結婚はもちろん、絶対服従を誓え！　私が聖女の力を使えと言ったら必ず使うんだ。ああ、もちろん、口だけでは信用ならんから、あとで魔法を介した服従契約を行う。それと、ペンダントを返すのは入籍が済んでからだ」

手に持つペンダントをこちらに見せ付けるようにしながら、レオンはそう話す。

ペンダントは元々ファティアのものだというのに、あまりに酷い条件だ。

（これならもう……無理矢理ペンダントを奪い返した方が――）

レオンを多少傷付けるかもしれないが、ここまできたら背に腹は代えられない。

ファティアが魔力を練り始める。

「ああ、そうだ。少しでも怪しい動きをすれば、その瞬間にペンダントを壊してやる」

「……なっ」

「魔法で抵抗しようなどと、思わないことだな」

「……っ」

ライオネルほどの魔法の腕前があったなら、こんな脅しに屈することなく攻撃し、速やかにペンダントを奪取できただろう。

けれど、ファティアはいくら魔法が使えるとしても、細やかな魔法の調節や技に関してはまだまだだ。

（ペンダントを壊されるのだけは、絶対にだめ……）

ファティアは唇を噛み締めてから、魔力を練るのをやめた。

「……で、どうするんだ？　条件を呑むのなら……このペンダントは返してやってもいい。どうせライオネルは死ぬんだ。あいつのことなんて忘れて、私に身を委ねるだけでいい。な？　簡単だろう？」

レオンはそう言うと、ぐいとファティアに顔を近付けた。

「さあ、言うんだファティア。私の妻になり、絶対服従を誓うと」

「……っ、私は……」

当初、ペンダントを取り戻したかったのは、これが母の形見で、思い出の品だったから。

このペンダントさえあれば、どんな辛いことが起きたって、前を向いて生きていけると信じていたから。

——けれど、今はどうだろう。

ペンダントを取り戻したいと願ったときに、脳裏に浮かんだのはライオネルの顔だった。

(ライオネルさんは、絶対に死んでない……。けど……っ)

ここでレオンの要求を突っぱねたら、二度とペンダントは戻ってこないだろう。

しかし、ファティアが聖女として活躍することもできなくなるため、ライオネルに『呪い』をかけて苦しめたレオンに、余計な力を与えないことはできる。

そうしたら、役立たずだと棄てられるのだろうか。

それとも、騙したとして処罰されるだろうか。

どちらにせよ、ファティアはそんなこと怖くはなかった。

ただ——。

(ペンダントがなかったら、私が聖女の力を復活させることができなかったら、ライオネルさんの『呪い』を解いてあげられない……っ)

過去にライオネルは、魔法が好きだと言った。

第一魔術師団に退団届を出したことは平然と語っていたけれど、その実は悲しんでいたに違いない。

当たり前のように使えていた魔法が弱体化して、その魔法を使うと『呪い』による苦痛を味わうことになるのは、ライオネルにとってどれほど辛いだろう。

それがこれからずっと続くなんて、残酷すぎる。

だから――。

「……分かりました。ただ、私からも条件を出させてください」

「……何だ。言ってみろ」

ファティアは大きく息を吸い、呼吸を整えてから条件を口にした。

「アシェル殿下の婚約者のリーシェル様を私の教育係にしてくれませんか？」

「……？　何故リーシェル殿なんだ？」

「私は平民出身なので、王族はおろか、貴族のいろはについても何も分かりません。アシェル殿下の婚約者であるリーシェル様ならそのあたりは完璧かと思いますので、彼女に教えを請いたいのです。……お願いします」

ファティアの本音は、少しだけ違った。

もちろん、どうせ教えを請うなら顔馴染みのリーシェルがいいと思ったのは確かだが、一番はそうではない。

「……ふむ。なるほどな。まあ確かに、そなたは私の妻として人前に出る機会が増える。教育もそうだが、実際のパーティーなどでサポート役がいるから、リーシェル殿ならぴったりか。よし、その条件なら呑んでやろう」

「あ、ありがとうございます……！」

ファティアがリーシェルを選んだ一番の理由。それは──。

（よかった……！　これで、ライオネルさんの『呪い』が解ける可能性がかなり高まった……！）

──そう。全てはライオネルの『呪い』を解くため、彼にこれからの人生を幸せに生きてほしいからだった。

（リーシェル様なら、アシェル殿下やハインリさんはもちろん、ライオネルさんとも連絡が取れるはずだし、多少のことなら協力してくれるはず……！）

どれほどファティアに自由が与えられるのかは分からないが、リーシェルとさえ繋がっておけば、ライオネルと接触が図れ、彼の『呪い』を解く機会が訪れるかもしれない。

ファティアは、ライオネルを好きだという感情よりも、少しでも彼の『呪い』が解けるかもしれない道を選択したのだ。

（ライオネルさんのことが、大好き。……だからこそ、『呪い』から解放されて、幸せになっ

てほしい）

人生は長い。そんな中で、ファティアとライオネルが共に過ごした時間はほんの僅かだ。

きっとすぐに、彼はファティアのことを忘れるだろう。

魔術師として充実した日々を送り、どこかのタイミングで運命の人と出会い、結婚し、子供が生まれ、いつか、ファティアの存在なんて頭の隅にもなくなって――。

（……それでいいの？　本当に？）

ファティアは、ライオネルに沢山、沢山……数えきれないくらい助けてもらった。

彼との日々はまるでお菓子のように甘くて、何物にも代えがたいほど、幸せだった。

だから、次は自分がライオネルを助けるのだと、幸せにするのだと思っていた、けれど。

（私の選択で、ライオネルさんは幸せになれるの……？）

ふと過った疑問と同時に頭を支配したのは、ライオネルの屈託のない笑顔。美味しい美味しいと言いながら料理を掻き込む幸せそうな表情。

男たちに襲われそうになったときは、『呪い』が発動するのを恐れずに、当たり前のように魔法を使って助けてくれた。

弟子にしてくれて、ご飯も、居場所も、温もりも、魔法の知識も与えてくれた。

街でロレッタとレオンに捕まりそうになったときは本気で怒り、守ってくれた。

パーティーの際にライオネルに一人で逃げてと言ったら、彼は絶対に守るからと、一緒に逃げてくれた。

一人で別荘に向かうと話したときは、そんなのだめだとついてきてくれて――。

(そうだ。あのとき、ライオネルさんは……)

『でも俺は、怪我をしたり、「呪い」が発動したりするよりも、ファティアが危険な目にあったり、こうやって傍にいられなくなったりする方がずっと嫌だし、苦しい』

そう言ってくれていた。とっても嬉しかった言葉なのに、どうして今の今まで忘れていたのだろう。

(私が選ぼうとしていた道は、ライオネルさんを一番傷付けるものだったのに……っ)

自己犠牲が美しいときもある。ファティアがライオネルのことを思った気持ちは本物だし、それ自体は間違っていないのだろう。

(……けれど、私はライオネルさんの傍にいたい。これからも彼と共にいるために、足掻かなきゃいけないんだ)

ファティアのエメラルドグリーンの瞳からポロッと涙が零れ、それは頬を伝って耳を濡らした。

「すみませんレオン殿下。……私やっぱり、ライオネルさんとの未来を諦められないみたいです」

「は?」

一か八か、魔法でレオンに反撃を試みようと、ファティアは魔力を練り始める。

ライオネルから習ったことを思い出して、レオンがペンダントを壊す隙を与えないくらいに、速い魔法を──。

「絶対に、諦めない」

そう口にしたファティアが、手のひらに魔法を宿した、そんなときだった。

「──ファティア……!!」

「ライオネルさん……？」

「……!?　何故お前が生きて──」

手鏡から姿を現したライオネルは次の瞬間、風魔法を発動してレオンに放った。

第21章　『元聖女』と『元天才魔術師』は信じ合う

「ぐぁっ⁉」

レオンは突風に驚き、叫ぶと、バランスを崩してベッドから派手に落ちた。

それも頭からだ。ゴツン！という激しい音が寝室に響く。

ファティアも突然のことに驚きながらも、ベッドの下に落ちたレオンが気絶していることを確認すると、今のうちにというようにベッドから下りた。

そして、ふらりと体が傾き、床に片膝をつくようにしてしゃがみ込んだライオネルの元に駆け寄った。

「ライオネルさん……！　大丈夫ですか……⁉」

「……っ、ファティア……ッ、大丈夫、魔道具の影響でちょっと気持ち悪いだけだよ」

転移による頭を揺らすような感覚はかなり気持ち悪くて、ファティアの場合は意識を手放したくらいだった。

座り込んでいるとはいえ、こうやって話せているだけライオネルは頑丈なのだろう。

「無理はしないでください……っ、気持ち悪さは少しずつマシになりますから……。けれど、この全身の傷……っ、大丈夫なんですか……？」

——頬に二の腕、太腿。ライオネルの全身には、刃で切り付けられたような切り傷が見られる。

レオンが話していた魔術師に攻撃されたのだろう。見たところ既に出血は止まっているようだが、かなり痛々しい。

「平気だよ……って、俺のことはどうでもいいの。ファティアこそ大丈夫？　何もされてない？」

体調が芳しくないのは言わずもがなの状態で、ライオネルはファティアの頬をそっと撫でながら問いかける。

その目は我が子を心配する母のように必死で、それでいて自分のものを奪われたくないと嫉妬をギラつかせる子供のような感じがした。

「はい。妻になるよう命じられて押し倒されはしましたが……それだけです。何もされてません！」

「それだけ……？　かなりのことされてると思うけど……」

聞かれたことに正直に答えると、ライオネルの眉間に皺が寄る。

ライオネルのことだから、たとえ些細なことでも心配し、同時に腹を立ててくれているのだろう。

（相変わらず優しいなぁ……）

ライオネルが来てくれて安堵したこともあって、ファティアは久々に頬を緩める。

すると、ライオネルは眉間の皺をほどいて、ファティアの肩にぽすっと頭を乗せた。

「……まあ、それは一旦置いておくとして。……ファティアは一人で抱え込むところがあるから、本当に心配した。……無事で、よかった」

「……っ」

ライオネルの言う通り、一度は自己犠牲の道を選ぼうかと思った。

けれど、これまでライオネルが大切にしてくれたからいい。

「ライオネルさんの、おかげです」

――ライオネルとの未来を諦めずに済んだのも、実際に今こうやって脅威から逃れられたのも。全部、彼のおかげなのだ。

「むしろ、助けに来るのが遅くなって謝らなきゃと思ってるけど、それはあとにするよ。とりあえずここにアシェル殿下やハインリ――信頼できる人たちを呼ぼうか。俺たちだけじゃこの場に対処しきれないし」

「そ、そうですね！　あ、その前に……」

ライオネルが突然現れたことで動揺していたファティアだったが、とても大切なことを思い出した。

「実は母の形見であるペンダントを、レオン殿下が持っていたんです。きっと人を呼んだら慌ただしくなると思うので、今のうちに取り戻させてもらいます」

これで、ライオネルを『呪い』から解放してあげられるかもしれない。

聖女の力を取り戻したら、彼の隣に立てるような相応しい人間に近付けるかもしれない。

ファティアは希望を胸に抱き、「少し待っていてください」とライオネルに声を掛けてから立ち上がる。

そして、未だに気絶しているレオンの方に歩き出そうとした、のだけれど。

「……っ、ハァ……ハァ……ッ」

「ライオネルさん⁉　大丈夫ですか……⁉」

体を丸めるようにして床に横たわるライオネルの元に、ファティアは踵を返す。

浅い呼吸に、苦痛に耐え忍ぶような表情はこれまでに何度も見たことがあった。

「ライオネルさん……もしかして『呪い』が……っ」

「う、ん……っ、そう、みたい……ぐっ」

魔法を使ってから『呪い』が発動するまでの時間はまちまちで、そのときの苦痛も一定ではない。

しかし、ファティアが触れていないからなのか、ライオネルはいつもよりも苦しんでいるように見える。

「少しだけ我慢してください……！　すぐにレオン殿下からペンダントを取り戻して、ライオネルさんを助けますから……！」

自分にできることを——いや、自分にしかできないことをしなければ。

ファティアは再び勢いよく立ち上がり、レオンの方にくるりと振り向いた、のだけれど。

「……神はまだ、私を見放さなかったみたいだな」

「……!?　レオン、殿下……っ」

気絶から目覚めたレオンが、悍ましい目をして目の前に立っていた。

ファティアは予想外の事態に一瞬頭の中が真っ白になり、体を硬直させる。

そのせいで、レオンの手が首元に伸びてくるのを、ファティアは避けられなかった。

「きゃっ……ぐっ」

ファティアはそのまま首を掴まれ、壁にドシンと押し付けられた。

「……っ、ファ、ティア……！」

ライオネルが立ち上がろうとしながら、彼女の名を呼ぶ。

ファティアは自身の首を絞めてくるレオンの腕を掴んで抵抗するが、それはあまり意味をなさず、壁際に追い込まれたせいで逃げることもできない。

更に、鳩尾を思い切り殴られ、ライオネルに返事をすることはできなかった。

「……う、あ……っ」

「これくらい苦しめれば、多少は大人しくなるか……」

レオンはそう言うと、ファティアの首からパッと手を離す。

ファティアは「ゴホゴホッ……」と咳き込みながら、壁に背中を預けたままずるずると床に座り込んだ。

「さて、次は貴様だ、ライオネル」

レオンはそう言って、ライオネルの腹部を思い切り蹴り上げた。

「いっ……！」

「ライオ、ネル、さん……っ」

『呪い』のせいでろくに抵抗ができないのだろう。ライオネルは痛みに悶絶するように奥歯を噛み締めている。

そんなライオネルに、レオンは悪魔のような微笑みを見せた。

「せっかくこの女を助けに来たというに、このタイミングで『呪い』が発動するとは……!!やはり呪詛魔道具を貴様が使うよう手配して正解だった！」

「……くっ」

「俺の手駒を倒してこの場まで来たことには驚いたが……残念だったな、ライオネル！　今から貴様を殺して、そのあとでファティアに服従契約を施し、私のものにする！」

レオンはそう言うと、ベッドの近くにあるテーブルの方へと歩き、椅子を抱えた。

「ふむ……。殴り殺すには私の手が痛いからな、これでいいか」

まるで今日の服はどれにするかを選ぶかのような、そんな雰囲気で凶器になりそうなものを手に取るレオンに、ファティアは信じられないという目を向けた。

（ライオネルさんが殺されちゃう……っ、助けなきゃ……っ）

レオンがライオネルに意識を向けている今なら、彼は魔法にすぐに反応できないだろう。

両手で椅子を持っている今ならば、たとえこちらが魔法を発動する素振りを見せてもペンダントを破壊する時間はないはずだ。

（とにかく、何か魔法を……！）

何でもいい。ライオネルが死なずに済むのなら何だって。

そんな思いから、ファティアは魔力を練るために可能な限り集中したのだけれど、お腹が温かくなるような感覚は一切なかった。

（どうして……!?　集中が足りないの……!?）

そう考えたが、ファティアはつい先程魔法を発動できている。そのときだって、何もいつものように慣れ親しんだ静かな空間で集中できていたわけではなかった。

では何故なのか。思考の末、導かれた答えに、ファティアは顔を歪めた。

（……魔導具の魔力吸収の効果が、終わったのね……っ）

ファティアは今日ロレッタに会いに別荘に行く前、いつものように魔道具で魔力を吸収していた。

しかし、この効果はいつまでも続くわけではない。

ファティア自らが生み出す魔力の方がかなり多いので、時間が経つと容量いっぱいに戻ってしまうのだ。

今のファティアには、魔道具やライオネルによる魔力吸収がなければ、魔法を発動することはできなかった。

（どうしよう……っ、おそらく魔法が扱えない私の力じゃ、レオン殿下を捕らえることはできない。……けど、このままじゃライオネルさんが……っ）

ライオネルが死ぬかもしれない状況を前に、きっと誰かが助けに来てくれるなんて、不確定な希望を持っているわけにもいかない。

自分の手でライオネルを助けるには、どうしたら——。

（……！　そう、だ）

そもそも、ファティアが一人でどうこうしようというのが間違いだったのだ。

ここには、最強と謳われる魔術師、ライオネルがいる。

彼が『呪い』から解放されれば、この状況は決して窮地じゃない。それができるのは、聖女の力を持つファティアだけ。

手元にペンダントがない状態で、その願いを叶えるためには――。

(ライオネルさんの魔力吸収によって、私の余分な魔力の多くを吸収してもらえれば――)

ファティアから漏れ出している余分な魔力が吸収されればされるほど、ファティアの聖女の力を発動する確率が上がることは、パーティーの際に指輪タイプの魔道具を使用したことで立証済みだ。

あのときファティアは、アシェルに治癒魔法を施し、彼の命を助けることができた。

つまり、あのパーティー会場での状態を再現できれば、治癒魔法はもちろんのこと、『呪い』に蝕《むしば》まれているライオネルに対する浄化魔法も発動できるかもしれない。

(ライオネルさんとの魔力吸収……。普段は手を繋いでいたけれど、それだけじゃあ、私の魔力は少ししか吸収できないことは、もう分かってる)

ライオネルは以前、接触する箇所によって、魔力吸収の量が変わると言っていた。

手よりも額、額よりも唇が触れ合うことで、魔力の吸収量は上がるのだと。

(……試してみるしか、ない)

そのためにはまず、僅かな時間でもレオンの動きを止めなければならない。

「レオン殿下、お願い、待ってください……っ」

ライオネルに向かって歩いていたレオンだったが、背後からファティアに声を掛けられたことで足を止める。そして、「まだ喋る元気があるのか」と言いながら、振り向いた。

その瞬間、ファティアは呼吸のしづらさや鳩尾の痛みを抱えながらも必死に立ち上がり、レオンに向かって思い切り体当たりを食らわせた。

「ぐお……っ！　いいい、いったぁ……っ」

予想外のことに踏ん張りが利かなかったのか、レオンはその場に派手に尻もちをつき、そのあとすぐに床に倒れ込んだ。

尻もちをついた際、偶然にも抱えていた椅子の脚でレオンは腹部を強打したようで、もだえ苦しんでいる。

（これなら少しの間は動けないはず……！　今のうちにライオネルさんのところに……っ！）

ファティアは急いでライオネルの元に向かうと、両膝を床につけて彼に懇願した。

「『呪い』で辛いと思いますけど、魔力吸収の魔法を発動してください……っ、私を、信じて……」

「……！」

ファティアのその言葉に、ライオネルはハッと目を見開いて、すぐに頷いた。

ライオネルは苦しみながらも魔力吸収を発動すると、仰向けの状態でファティアの頭へと手を伸ばし――。

「ファティア……」

「ライオネルさん……」

ライオネルはファティアの顔を引き寄せ、ファティアはそっと目を閉じて、彼と唇を重ねる。

「貴様たち、何をしている……⁉」

倒れながら声を荒らげるレオンを無視して、ライオネルは魔力吸収を行い、終了すると、ファティアから唇を離した。

優しい瞳で、ライオネルはファティアを見つめた。

「……ファティア、余分な魔力はほとんど吸収できたよ」

「はい……！」

それからファティアは、過去に孤児院の子供たちの怪我を治したいと祈ったように、アシェルの命を救いたいと祈ったのと同じように、ライオネルに対して祈りながら、聖女の力を発動した。

（どうか、ライオネルさんの『呪い』が解けますように――）


――聖女の力と祈り。

その二つが混じり合った瞬間、ライオネルの周りには治癒魔法よりも強烈に輝く光の粒が現れた。

「な、何だこれはぁぁ……⁉　貴様たち何をしたぁぁ……⁉」

レオンは相変わらず床に倒れた状態で、その粒がライオネルの体にスッと入っていくのを見ては声を荒らげた。

一方でライオネルは自分の体を、不思議そうに見つめる。

治癒魔法のときとは違う光景に、魔法を使った本人であるファティアさえも目が離せなかった。

（これが、浄化魔法なの……？）

「私を無視するな……！　何をしているのか答えろぉぉ‼」

強烈な光の全てがライオネルの中に取り込まれたとき、ファティアはようやく少し冷静になって、「あの」と彼に問いかけた。

「ファティア、これ凄いね。感覚的に分かるよ」

「え？」

「『呪い』は、俺の中にもういない」

「……！　ほんと、に、ですか……？」

確かに、ファティアは浄化を願った。

その結果、治癒魔法を発動したときとは少し違う現象が起きた。現に、ライオネルの顔色はとても良い。

ただ、『呪い』がこんなにすぐに浄化できるなんて、まるで奇跡みたいで、完全には信じられない。

ファティアの感情は不安と希望でぐちゃぐちゃになった。

ライオネルはというと、先程まで苦痛に耐えていた人物と同一人物とは思えないほどに身軽に起き上がる。

続いてファティアの手を引っ張って彼女も立たせ、引き寄せるように肩を抱いた。

「もう我慢ならん……！　さっさと死ねぇぇぇ！　ライオネルゥゥ!!」

すると、ようやく腹部の痛みが落ち着いてきたのか、ものすごい剣幕のレオンが椅子を振り回しながら迫ってきた。

「きゃあっ……！」

驚きと恐怖でファティアは甲高い声を上げ、咄嗟にライオネルの服の一部を掴む。

けれど、ライオネルが「大丈夫」と声を掛けてくれるだけで、不思議ともう怖くなかった。

「レオン殿下、貴方の陰謀も、もうここで終わりです」

そして、ライオネルがレオンの方に手を向けながら、そう口にした次の瞬間だった。

「えっ」

「何ぃぃ!?」

レオンの持っていた椅子が燃える……どころか、一瞬で灰になっていた。

あまりの速さに見逃してしまったが、どうやら、ライオネルは高純度の炎を椅子に当てたらしい。

「本当に……『呪い』が解けてしまったのか……？」

目をパチパチしながら、困惑の表情を浮かべるレオン。

更にレオンは、頭上から降ってくる灰のあまりの熱さに、「あっつい！　あっつい！」と言いながら、体をジタバタさせた。

そんなレオンの顔を、ライオネルは片手でガシッと掴み、ゾッとするほどに冷たい目で見下ろした。

「俺に『呪い』をかけたこと、何よりもファティアを傷付けたこと——殺してやりたいくらい腹が立っていますが、今はこれで我慢します」

ライオネルはレオンの頭頂部に向かって、風魔法を迷いなく放った。

◇◇◇

「おや……これは中々面白いことになっているな、ライオネル」

「ライオネル……貴方、流石にこれは……」

それから少しして、寝室にはアシェルとハインリが現れた。

魔力が完全に復活したライオネルが、高難易度の魔法——遠隔思念の魔法を使い、城内にいる二人の頭に直接語りかけることによって、この場に呼び出したのである。

というのも、ファティアとライオネルが王族の寝室にいるなど、事情を深く知らない者からすれば、二人が悪者にされる可能性があるためだ。

レオンの策略か、部屋の外の人払いも済ませてあったことは、このときばかりは有り難かった。

「抵抗するため、致し方なくです」

ライオネルは、レオンに一瞥をくれてから、さらっとアシェルとハインリに答える。

しかしファティアは、土魔法で両手両足を拘束されて壁に張り付けられているレオンの姿に、少しだけ同情した。

(……いや、あんなことをしたのだから拘束は当然なのよ拘束は。今レオン殿下が気絶している原因だって、大怪我をしているとかではなくて……)

ファティアはレオンの地肌が丸見えな頭頂部を見て、何とも言えない気持ちになった。

(まさか、ショックすぎてレオン殿下が気絶するなんて思わなかったけど……)

ファティアがそんなことを思っている一方で、アシェルはレオンの姿に我慢ならなかったのか、堪らずぷっと噴き出した。

対してハインリは気まずそうな顔をしている。

「そうか。兄上の頭頂部から頭髪が刈り取られていることには驚いたが、抵抗されたのなら致し方あるまい。そういうこともある」

「いや、ないでしょ！　こんなふうにレオン殿下を拘束できるライオネルが、間違えて髪の毛を――」

「あ、手が滑った」

「って、私の髪の毛まで刈り取ろうとしないでくださいライオネル！　ありますよ、そういうことありますよね！」

ライオネルとハインリのやりとりに、危険は過ぎ去ったのだとファティアは実感し、何だかほっこりする。

そんな中、アシェルは「はい、一旦無駄話は終わりにしようか」と言ってライオネルたちを止めると、真剣な声色で話し始めた。

「さっき思念魔法により大体のことは聞いたが、兄上がライオネルに『呪い』をかけるため、呪詛魔道具を送り付けたと自白したんだな？」

「ええ。そうです」

「そうか――。ライオネルが私を支持する第一魔術師団の団長だけに、その戦力を奪えば私を蹴落とせると思ったのかもしれないが……。他者を苦しめるようなことを、本当にするとはな……」

アシェルは悲しげにそう呟いた。

いくらアシェルとレオンが王位を争っていたとはいえ、それ以前に二人は兄弟だ。

兄の常軌を逸した行動に、アシェルは悲しみを禁じ得ないのだろう。

「これから、レオン殿下のことはどうなさるおつもりですか？」

ライオネルの問いかけに、アシェルは再び口を開いた。

「どうも何も、兄上は司法によって裁かれる、それだけさ。……とはいえ、ライオネルに呪詛魔道具を送り付けた証拠は、現状ではお前たちの証言しかない。被害者であるライオネルと、ライオネルに親しいファティアの証言では公平性に欠けるとして、裁判では証拠不十分により、この件は罪に問えない可能性がある」

ただ、手鏡タイプの魔道具を無断で使用したことは、罪に問えるだろうとアシェルは話す。

この国にとって魔道具は貴重なものであるため、発見され次第、必ず魔術師団で管理することになっている。

しかし、今回の手鏡タイプの魔道具のことを、ライオネルは知らなかった。ライオネルが第一魔術師団を抜けてからも、この魔道具が魔術師団に届けられることはなかったらしいのだ。

つまり、この魔道具はレオン、もしくはレオンの部下が入手した際、魔術師団に報告することなく、無断で使用したことになる。

ファティアを拉致したことについても問題にはできるとアシェルは続ける。

しかし、短時間でも寝室にレオンとファティアの二人きりでいたことが公になれば、ファティアに対して良からぬ印象を持つ者も現れるかもしれない。

そのため、この件はかなり慎重に扱うという。

「更に、私を毒殺しようとした犯人が兄上であることが分かった。毒の入手に兄上の最側近が関わっていたことが判明したし、実行犯である執事の日記には、兄上に頼まれて私を殺すことに対しての罪悪感が綴られていたよ。……おそらく、一生幽閉されるんじゃないかな」

「そう、ですか」

ライオネルが相槌を打つ。

アシェルは相変わらず悲しそうに語っているが、すぐに穏やかな笑みに切り替えた。

「兄上に対しては色々と思うことはあるが……これでリーシェルも安心だろう。私が毒で死にかけてから、彼女は次に兄上が何をしてくるのか、気が気じゃない様子だったから」

確かにリーシェルの気持ちを思えば、当然のことだ。

ファティアだって、レオンの処遇の心配よりも、これでライオネルに危害を加えられなくなることの方が重要だから。

「――とにかく、兄上所有の別荘にロレッタ嬢や魔術師がいるんだろう？　彼らにも話を聞かなければならないね。ハインリ、あとで彼らを私の元に連れてくるよう、部下に頼んでくれ。直に話を聞く」

「ハッ！　かしこまりました」

「……じゃあ、これで兄上のことや事後処理についての話はおしまいかな」

アシェルはその言葉のあとで、少し間を置いてから、ライオネルに問いかけた。

「遠隔思念魔法のような膨大な魔力を使用する魔法が発動できたってことは、ライオネル、お前……『呪い』が解けたのか？」

アシェルの言葉に、ハインリは「そういえば……！」と目と口を大きく開けた。

「ええ。ご推察通り、ファティアのおかげで『呪い』が解けました」

そして、ライオネルのその発言に、ハインリはこの世の危機が救われたというくらいに歓喜した。

「よがっだぁぁぁ!!　ライオネルよがっだぁぁ……!!」

「ちょ、泣かないでよ、というか抱き着かないでくれない？」

大粒の涙に、顎にまで届きそうな大量の鼻水を垂らしながら、ハインリは思い切りライオネルに抱き着く。

ライオネルは鬱陶しいと言わんばかりに言葉ではハインリを拒絶するが、されるがままに抱き着かれているし、何より表情は柔らかかった。

（ふふ、ライオネルさんって、何だかんだハインリさんのこと大好きだから、こんなふうに喜ばれたら無碍《むげ》にできないのね）

そんな二人の光景に、ついファティアももらい泣きしてしまい、人差し指で涙を拭った。

「……全く。心配かけて悪かったよ、ハインリ」

「うぉぉぉん!!　うぉぉぉん!!　本当によかったですねライオネルゥウ!!　ファティアありがとうございますぅぅ……!!」

「いえ、本当によかったです……！」

ライオネルはハインリからファティアに視線を移し、ハッと目を見開いた。

「……ファティアが泣いてる。ハインリお前、何泣かせてるの？」

「私のせいですかぁぁぁ!?」

それからしばらく、ライオネルとハインリの明るい？やりとりが続いた。

それを遮ったのは、アシェルのファティアに対する質問だった。

「……ということは、ファティア嬢は聖女の力を取り戻したのかい？」

「そ、それは……ですね……」

アシェルの疑問はごもっともだ。

通常なら、ファティアの聖女の力が復活し、それによってライオネルの『呪い』を解くのが順序である。

しかし、レオンにペンダントを奪われていたり、ファティアが魔法を使えなかったり、ライオネルに命の危機が迫っていたりで、まずはファティアの余分な魔力を吸収するためにキスをした……と説明するのは些《いささ》か、いや、かなり恥ずかしかった。

「えっと、それは……ですね……」

どこからどう説明すればいいのか。そもそもキスのことは言わなければいけないだろうか。

ファティアが顔を真っ赤にしながら、頭を抱えて悩んでいると、ハインリを引き剥がしたライオネルが助け舟を出した。

「アシェル殿下、その通りですよ。レオン殿下がペンダントを持っていたので、それを取り返してファティアが俺にかけられた『呪い』を浄化してくれたんです」

「そうか。……兄上がペンダントを……」

ライオネルの手には、ファティアの母の形見である赤い魔石が付いたペンダントがある。

（え!?　ライオネルさん、いつの間に取ったの!?　というか嘘をついてもいいの……!?）

レオンの頭頂部の毛髪を刈り取ったときだろうか。それとも土魔法で拘束したときだろうか。

何にせよ、諸々困惑しているファティアに代わってライオネルがペンダントを取り返してくれていたらしい。

ライオネルの嘘については、ペンダントがあった上で『呪い』を浄化しようと、魔力吸収をしてもらってから浄化しようと、結論はどちらも同じなので、まあいいかとファティアは自答した。

「はい、ファティア。ペンダント」

その後、ライオネルにペンダントを手渡してもらったファティアは、取り戻したくて仕方がなかったそれを両手で受け取る。

幸運なことにペンダントは壊れることはおろか傷も付いておらず、それを握り締めた両手をギュッと胸に引き寄せた。

（お母さん……っ）

こうして手に取ると、過去の出来事が思い出される。

ロレッタにペンダントを奪われて家まで追い出されて、絶望した日のこと。

ライオネルと一緒にパーティーに潜入し、ロレッタがペンダントを着けていた姿に、目を背けたくなるほど辛くなったときのこと。

レオンにペンダントを壊すと脅され、追い込まれたときのこと。

中々ペンダントを取り戻すことが叶わず、ファティアは何度も辛い思いをした。

——けれど、今やっとこうして、自分の手の中にペンダント《母との思い出》が戻ってきた。

「……っ、ありがとう、ござい、ます……っ、ペンダント、取り戻せて、よかった……っ、よかったよぉ……っ」

「ファティア……」

止めどなく涙が流れてくる。止めようと思っても止まらない。

そんなファティアを、ライオネルは優しく抱き締めて、彼女の背中を優しく撫でた。

ファティアが泣きやむまで、ずっと、ずっと――。

第22章　『聖女』と『天才魔術師』は愛を示す

ファティアとライオネルは帰りの馬車の準備ができるまでの間、アシェルの計らいにより別の部屋で休めることになった。

こうなることを見越してアシェルが事前に手配していたのだろうか。飲み物や軽食、着替えの服なども用意されており、ファティアとライオネルは準備の良さに顔を見合わせた。

「アシェル殿下って、本当にこう、素晴らしい方ですね」

「そうだね。良い国王になると思うよ、あの人は。……それより、ファティアはもう大丈夫？」

ソファに横並びに座りながら、ライオネルが問いかける。

先程まで号泣していたため、瞼が重く、少し頭が痛い。

だが、これくらいならどうってことはないからと、ファティアは笑顔を見せた。

「平気です！　むしろあんなに泣いて、ご迷惑をおかけしてすみません……！　アシェル殿下やハインリさんにも、あとで謝らないと……」

「謝らなくていいよ。俺はもちろん、あの二人も気にしてないと思うし。……というか、お母さんの形見がやっと手元に戻ってきたんだから、感情的になるのは当然」

ライオネルはそこで一旦喋るのをやめると、ファティアの顔に自身の顔をずいっと近付けた。

「むしろね、俺からすればもっと泣いてもいいのにって感じかな」

「えっ」

「泣き顔より笑顔のファティアの方が好きだけどさ……。ほら、泣いてたらずっと抱き締めていられるし」

「なっ、なっ、何を言って……!?」

あはは、とライオネルは楽しそうに笑っているが、ファティアはそれどころではなかった。

(ほんと……この人はどうしてこう甘い言葉ばかりを言ってくるんだろう……っ!)

ずっと抱き締めていられるなんて言われたら、どうやったって期待してしまう。ライオネルへの好意は、際限なく増えていく。

至近距離でこちらを見つめる美しい瞳も、青みがかった黒髪も、広い肩幅も、優しい声も、溶けてしまいそうなほどに甘い言葉も、彼の全てがファティアを魅了してやまなかった。

しかし、ファティアは目の前のライオネルの姿に、はたと気が付いた。

「そ、そういえば治療を……!! さっきかけた浄化魔法では治癒はできないみたいなので……」

「ん？　ああ、そういえば忘れてたね」

ライオネルの頬や肩、腕、全身にある傷。

ただの風の刃だから大したことない、なんてライオネルは軽く話すが、その数は多い。

ほとんどの傷口からの血は止まっているように見えるため、血にまみれていることは過度に心配しなくてもいいかもしれないが、傷口が深い箇所は特に心配だ。

「ライオネルさん、治癒魔法を使ってもいいですか……？」

「うん。お願いしていい？」

「はい。では早速――……」

ファティアは片手にペンダントを握り締めながら、魔力を練り上げる。

そして、ライオネルの怪我が治りますようにと願うと、彼の周りには淡い光の粒が現れた。

「あっ、治癒魔法の光の粒はちょっとあったかい」

「言われてみれば確かに……！」

「何だかこう、温かいお風呂に入ってるような気持ちになるね、これ」

目を閉じながら、リラックスした様子のライオネル。

僅か数秒で光の粒は消え、ライオネルの全身の傷は綺麗になくなっていた。

「ライオネルさん、治癒魔法をかけ終わりました！　痛いところはないですか？」

「うん。どこも痛くないよ。ファティアってやっぱり凄いね。ありがとう。……そういえば、魔力を練り上げたときの感じはどう？　やっぱり練りやすいの？」

「そうですね……。とても練りやすいです」

魔力を練る修行を経験したことで、ペンダントがなかった頃に比べてとてもスムーズなのだと分かる。

「そっか。それはよかった。俺の怪我もほぼ一瞬で治療できたし、聖女の力、完全復活だね」

「はい……！」

「あ、そうだファティア、あっちを向いてくれる？」

ライオネルは、向かい合っているファティアに反対側を向くよう指示をする。

「……？　はい。一体どうしたんですか？」

疑問を持ちながらも、ファティアはライオネルの指示に従うと、背後からライオネルが手を出してきた。

「それと、ペンダント貸してくれない？」

「ペンダントを？　……ど、どうぞ」

ファティアはずっと手に持っていたペンダントをライオネルに渡す。

すると、次の瞬間だった。

「もうなくさないように、ちゃんと着けておこう」

「あ……」

首筋に感じる金属の冷たい感覚。胸元に光る母の形見のペンダント。

その少し上には、ライオネルにもらってから毎日着けているペンダントもある。

ファティアは胸元に赤く光る二本のペンダントに、幸福感で胸がじんわりと温かくなった。

「お母さんの形見のペンダント、よく似合ってるよ、ファティア」

ライオネルは後ろからファティアの胸元にあるペンダントを覗き込んでそう口にする。

「ううん。……ライオネルさん……っ、ありがとうございます」

「……でも、似たようなペンダントを二本着けるのも、あれだね。俺が贈った方は今から外して――」

「……待って！　外さないでください……！」

ファティアはライオネルの言葉を遮ると、彼と向かい合うように振り向いた。

素早く目を瞬かせるライオネルに、ファティアは懇願の表情を見せた。

「お母さんの形見のペンダントはもちろん大切ですけど、ライオネルさんがくれたこのペンダントも、私にとっては同じくらい大切で、宝物なんです……！　……だから、二本とも着けていても、いいですか……？」

「……っ」

ライオネルの頬はみるみるうちに熟したいちごのように赤くなっていく。

ファティアが「あの……？」と声を掛けると、ライオネルは口元を押さえてハァ……とため

息を漏らした。

「ほんとさ……ファティアって、無自覚に俺を喜ばせるよね……」

「え？」

「んーん。分からなくてもいいよ。俺がただ嬉しかっただけだから」

そう話すライオネルの瞳には、砂糖菓子のような甘やかさが滲んでいる。

その目に見つめられる気恥ずかしさにファティアは彼からパッと目を離すと、話題を切り替えた。

「そういえばなんですけど、ライオネルさんはこれからどうするんですか……？」

「それは……さっきアシェル殿下が言ってたようなこと？」

「は、はい。もう決まってらっしゃるのかな、と……」

実は、レオンの寝室でファティアが泣いた少しあとのこと。

今ファティアたちがいる部屋までアシェルが案内してくれたのだが、その際に彼から質問があったのだ。

『ライオネルとファティア嬢。二人はお互いに持つべき力を取り戻したわけだが——これからどうするつもりか考えているかい？』

アシェルの立場からすると、最強の魔術師であるライオネルには、是が非でも第一魔術師団の団長に戻ってほしいとのことだった。

ライオネルは『呪い』のせいで前線から退かなければいけない状況だっただけで、その『呪い』が解けた今、アシェルがそう望むのは当然といえば当然だった。

「……そうだな。いつからっていう明確な日にちは決めてないけど、魔術師に戻るつもりだよ。第一魔術師団に復帰できるか、また団長をやらせてもらえるかはアシェル殿下の采配だけじゃなくて、団員たちの気持ちも聞いてからにしたいから、それはもう少しあとになるかな」

「きっと皆さんライオネルさんのお戻りを待ってます！　少なくとも、ハインリさんは泣いて喜ぶかと……」

「もうあいつの涙はコリゴリ……」とライオネルは表情を歪める。

しかしファティアからすると、そんな顔をしても素直じゃないなぁと思うだけで、何だかほのぼのした。

「ファティアは？　これからどうするか、考えてる？」

「そうですね……。私は――」

実は、部屋に案内されてからもアシェルとは少し話し合っていて、この国の聖女として働いてくれないかという打診を受けた。

おそらく、メルキア大聖堂で聖女として祈りを捧げること、孤児院や病院への訪問、戦場から帰還した重症者や、自然災害等で多くの被害者が出た際には聖女の力で民を救う……という感じになるらしい。

とはいえ、いかなる状況でも、ファティアの能力に頼りきりになったり、能力を酷使させるようなことはしないようだ。

一人しかいない聖女に倒れられる方が損害が大きいことと、聖女だって一人の人間で、休養や休暇は当然あるべきだと考えてくれているらしい。

（アシェル殿下ならば、きっと私を悪いようにはしない。それに、この力で皆の役に立てるのは、嬉しい。見合った報酬はもちろん、必要なら家や使用人も手配してくれると言っていたから、いい話だと思う）

更にアシェルは、ファティアが聖女だからといって、妻にしたり、側室にするつもりはないから安心してくれと言っていた。

言わずもがな、アシェルはリーシェルに一途なので、彼女しかいらないのだという。

「アシェル殿下の提案を前向きに考えたいと思っています。けど……まだ悩んでいて」

「……うん。そりゃあ、そうだよね。きっと今の生活とは一転するわけだし。……アシェル殿下はゆっくり考えたらいいって言ってたから、そうするといいよ。俺も相談に乗るし、ファティアの決定を応援するつもりだから」

「ありがとうございます、ライオネルさん……」

ライオネルの言葉はとても嬉しいのに、ファティアの声には元気がなかった。

というのも、ファティアがアシェルの提案を悩んでいる理由が二つあるからだ。

（一つ目は単純に、私が聖女としてきちんと国のために働けるのかなっていう不安があること……）

聖女の力が戻ってまだ約一時間。

何百人、何千人――いや、それ以上の人たちの安全や平和に関わる聖女としての仕事を引き受ける覚悟など、そう簡単にできるはずはなかった。

（二つ目は、私が聖女として働くことになったら、ライオネルさんとはもう、あまり会えなくなっちゃうのかなってこと……）

今世話になっているライオネルの家は、魔術師から退くと決めたライオネルのためにアシェルが用意したものだった。

住まいは快適だけれど、エリート集団の長だったライオネルが暮らすには、かなり平凡だろう。場所も辺鄙で、活動拠点となる王都からはかなり離れているため、ライオネルが魔術師に戻るならば、あの家を引き払う可能性が高い。

そうなったらファティアだってあの家に暮らし続けるわけにはいかないから、少なくともまとまった貯金ができるまではアシェルに新たな住まいの確保をしてもらうことになるだろう。

（お互いに別の仕事をして……別の場所で暮らすことになるんだから、そりゃあ、中々会えないよね……）

二人は恋人でもなければ、兄妹でもない。

唯一ファティアとライオネルにある繋がりといえば、師弟関係だということだけだ。

(弟子として、ときどき会ってもらうことくらいはできるかな……。忙しいかな……)

――でも、これからもライオネルさんと会いたい……。

(ああ、私っていつからこんなに貪欲になったんだろう。……全然、良い子じゃない)

ライオネルはよく良い子だと褒めてくれていたけれど、国のために働くことを躊躇する理由が好きな人に会えなくなるからなんて、とんでもない話だとファティアは思う。

「――ねぇ、ファティア」

ファティアが考え込んでいると、耳に届いたのは真剣味を含んだライオネルの声だった。

ファティアはライオネルの顔を見ながら、「どうかしましたか?」と問いかける。

「急で悪いんだけど、師弟関係やめない……?」

「えっ」

唯一の繋がりを断ち切りたいと言うライオネルに、ファティアからは上擦った声が漏れた。

(どうして……? やっぱりこれから、中々会えなくなるから? それとも今後は会う気がないから……?)

ライオネルの手がそっとファティアの手を包み込む。その手に触れられるといつもドキドキしていたけれど、今ばかりはそんな感情が湧かなくて。

代わりに、ファティアが悲しみに心を支配されそうになった、そのときだった。

「ファティアとは師匠と弟子じゃなくて、恋人になりたい」

頬を僅かに赤く染めながらそう告げるライオネルに、ファティアは目を丸くした。

「え……？　えぇ……!?」

まさか告白されるなんて夢にも思っていなかった。

だって、あのライオネルだ。ハインリ曰く、いかなる女性からの恋心も受け取らなかったというライオネルなのだ。

嫌われてはいないとは思っていたけれど、こんなに都合の良いことが起こってもいいのかと、ファティアはすぐには現実を受け入れられなかった。

……というのに、ライオネルの告白の台詞だけは脳内で何度も再生されてしまい――。

「～～っ」

「はは、ファティア、顔真っ赤だよ」

ライオネルには顔を指摘されたが、この羞恥と動揺は顔の赤みだけで収まるはずがなかった。

おそらく今は全身が赤くなっている気がする。

更に、ライオネルに重ねられた自分の手の汗がとんでもないことになっている。ぐっちょりと汗で湿った手を、ファティアはギュッと握り締めた。

ファティアは眉尻を下げ、目を潤ませる。ライオネルは一瞬ゴクリと生唾を呑んだ。

「そんな顔されると、期待するけど」

「……へっ⁉」

ファティアのエメラルドグリーンの瞳がキョロキョロと動いて視線を散らす。

様々な感情のせいでライオネルを見られなかったから。

「……俺ね、前から決めてたんだ。ファティアがお母さんの形見のペンダントを取り戻したら、ファティアに好きって言おうって」

——だというのに。

こんなことを言われたら、吸い込まれるようにライオネルの顔を見つめている自分がいた。

「ファティアの負担になりたくなかったんだ。……けど、もうペンダントは取り戻せたし、それに俺の『呪い』も解けた……。だからもう我慢できなかった。ねぇ、ファティア、俺のこの気持ちは、ファティアにとって迷惑？」

「……っ、そんなこと、ないです。むしろ——」

好き、好き、大好き。

告白でさえファティアの負担にならないように考えてくれる優しいライオネルのことが、ファティアはどうしようもなく好きだ。

「嬉しいです……っ、けど、お互いこれからは、今までみたいにあまり会えなくなるじゃないですか……」

師弟関係のままならまだしも、恋人同士になったら、きっともっと会いたくなる。

それが分かっているから、ライオネルの告白は嬉しかったけれど、同時に切なさを覚えた。

「自分がこんなに面倒な女だとは思いませんでした……。すみません……」

ファティアがその気持ちを吐露したあとに謝罪をすると、ライオネルは嬉しそうに頬を綻ばせた。

「何で謝るの？　ファティアは俺の告白は嬉しいけど、これからあまり会えないのは悲しいって話でしょ？　その気持ち、むしろ俺はめちゃくちゃ嬉しいけど」

「う、嬉しい？」

「うん。ファティアも一緒にいたいって思ってくれてるんだなーって。凄い幸せな気分」

なるほど、そんな考え方もあるのか。

ファティアはそう納得しながら、引き続いてライオネルの言葉に耳を傾ける。

「でも、そんなに心配はいらないと思うよ。仮にファティアが聖女として働くなら、俺はできるだけファティアの護衛に当たることになると思うし」

「……え？」

「ファティアも分かってるでしょ？　聖女っていうのは数十年に一度しか現れない貴重な存在だってこと」

呪詛魔道具による『呪い』を消すことができる浄化、通常の医療では決して助からないような病気や怪我などをあっという間に治癒する能力。

この二つ――聖女の力を持っている人物は、おそらく現時点でファティアしかおらず、その希少性は言うまでもないだろう。

それならば、そんな聖女――ファティアが、表立って仕事を始めればどうなるか、想像に容易かった。

「皆がファティアに感謝するだけならいいけど、多分ファティアを連れ去ろうとしたり、聖女の力を強制的に使わせて得をしようと考える者が出てくるはず」

「……確かに」

「そんなファティアにはさ、強い護衛がいると思わない？」

少し冗談っぽく話すライオネル。

ファティアはハッとして、目を見開いた。

「……！　それが、ライオネルさんってことですか⁉　確かにライオネルさんに勝てる人なんてこの国には、いえ、きっと他国にも中々いませんね……！」

「ま、自分で言うのもあれだけど……『呪い』がなければ、単純な戦闘勝負には負けないと思うよ」

アシェルや国王からしても、ファティアが攫われるのは是が非でも避けたいはず。

ファティアの護衛に伴い、ライオネルが戦いの前線に出る機会は減るだろうが、ファティアの安全が保証されるのであれば安いものだと考えるかもしれない。

「それに、もし危険がなくたって、急に聖女だなんて祭り上げられたら、ファティア不安でしょ」

「……！」

「俺が傍にいたら、話を聞いたり、一緒に悩んだりできると思う。もちろん、ファティアがもう聖女をやめたいって思ったときは、誰を敵にしても一緒に逃げるよ」

「……っ、ライオネルさん……」

不安だった気持ちも、当たり前のように気付いてくれる。

ライオネルの優しさに、ファティアは少しだけ涙が出そうになった。

「それとさ、実は一つ提案があって」

「と、言いますと？」

「ファティアが聖女として働くにしても、断るにしても、これからも俺と一緒に暮らさない？家をどこに建てるのかとか、間取りとか、使用人を付けるのかとか何も決まってないけど、もう今更ファティアと一緒に暮らさないなんて、俺の方が寂しくて無理」

ライオネルも寂しいと感じていたのだと思うと嬉しくて、何より提案が嬉しくて、ファティアはすぐさま返事をした。

「はい……！　喜んで……！」

「ほんと？　ちょっと断られるかなって思ってたから、よかった。嬉しい……」

包み込むように抱き締めてくれるライオネルの背中に、ファティアもそっと手を回す。

ライオネルも緊張していたらしく、首元が少し汗ばんでいている。

それがまた可愛らしくて、ファティアはふふっと頬を綻ばせると、ライオネルが口を開いた。

「ファティア……。俺ね、人をこんなに好きになったの初めてなんだ。だから、絶対これから離してあげられないと思う。覚悟しておいてね」

「はい……！　私も、ライオネルさんのこと離しません……！」

そうして、二人は微笑みながら見つめ合うと、ライオネルが「あっ」と何かを思い出したように呟いた。

「そういえば、まだファティアに好きだって言われてない」

「あ……」

「ちゃんとファティアの口から聞きたいから、聞かせて？」

先程まであんなに恥ずかしくて緊張もしていたのに、今は全くそれがない。

ライオネルも緊張をしていたことが分かったからだろうか。

(それとも、幸せすぎて、恥ずかしさや緊張が吹き飛んだのかな。……うん、きっとそうね)

ファティアはライオネルの背中からそっと片手を離し、彼の頬に優しく滑らせた。

指先が少し冷たかったのか、一瞬ピクリと体を弾ませたライオネルに、ファティアはこう囁いた。

「ライオネルさん。好きです、大好きです。いつも美味しそうにご飯を食べてくれるところとか、ありがとうを欠かさないところとか、穏やかな話し方とか……その、優しい瞳とか……。全部、大好きです」

「……っ、今は顔見ないで。想像してた何百倍も凄いこと言われて、ちょっとまずい」

ライオネルはファティアから目を逸らし、窓の外を見つめる。

頬はおろか、耳まで真っ赤になっているライオネルは数回深呼吸をすると、再びファティアに向き直った。

「もう一回言うけど、俺もファティアが大好きだよ。頑張り屋なところとか、誰にでも優しいところとか、料理が上手なところとか、誰かのためを思って泣けるところとか」

「……っ、こ、ここまで言われると流石に恥ずかしいですね……っ!?」

「でしょ？　でも……お喋りはちょっとおしまいね」

そう言ったライオネルは、ファティアの唇に親指を這わせた。

「魔力を吸収をするためじゃなくて、恋人として、ファティアにキスしたい」

「あっ……」

「だめ……？」

「……っ」

――きゅん……！

まるで母犬に甘える子犬のような目で見つめてくるライオネルに、拒否なんてできるはずもなく。

（いや、そもそも嫌じゃないんだけど……！）

ファティアが「だ、大丈夫です！」と大きな声で答えると、ライオネルはゆっくりと顔を近付けた。

「好きだよ、ファティア――」

そして、唇と唇が触れる直前のこと。

――パタン！と扉が開く音に、ファティアとライオネルは至近距離のまま扉の方を向いた。

「ライオネル！　ファティア！　馬車の準備ができましたよって、ごめんなさいぃぃぃ!!　確実に邪魔をしてしまったことは分かってますぅぅ!!」

そこには、顔をサアッと青ざめさせたハインリが立っている。

ライオネルは、ピキピキと額に青筋を浮かべた。

「ハインリ……お前ほんとにどういう神経してるの？　ノックくらいできないわけ？　赤子からやり直したら？」

「ノックはしましたよぉぉ!!　あ、そういえばライオネル、恋が成就したようでおめでとうございま……って、攻撃しないでくださいライオネル……!!」

――それからしばらく、ハインリはライオネルには怒られ続けた。

キスができなかったことは少し残念だったけれど、二人の楽しそうな姿が嬉しい。

ファティアは笑顔で帰りの馬車に乗り込んだ、のだけれど。

「――ファティア、もうここなら邪魔されないね」

「んっ……」

突然塞がれた唇の甘やかさに、ファティアは笑顔なんて忘れて、頬が真っ赤に染まったのだった。

第23章　『聖女』と『天才魔術師』は真実を知る

――あれから約一ヶ月後。

朝七時頃、ファティアはカーテンを開けると、換気のために少しだけ窓を開け、外を見やる。

「昨日は雨だったけれど、今日はとても良い天気ね」

本日の空は雲一つない晴天。空気はまだカラリとしていて冷たいが、日差しはかなり暖かい。木々の揺れがないことから、今日は風も弱いらしい。

洗濯物が風に飛ばされるおそれもないため、今日は大物の洗濯日和かもしれない。

(いつも起きる時間だし、ライオネルさんにはそろそろ起きてもらって……。それでシーツの洗濯……あ、ラグなんかも洗っちゃおう)

朝ご飯が少し遅くなってしまうけれど、ここまで良い天気なのも滅多にないため、洗濯が終わるまでライオネルには我慢してもらおう。

ファティアはそう考えて、眠っているライオネルの方を振り向こうとした。

「ファティア、おはよう」

「ひゃっ!? ライオネルさん、気配を消して近付かないでください……!」

しかし、いつの間にかライオネルが背後にいて、後ろから抱き締められた。

まだ少し眠いのか、ファティアの肩に頭をぽすっと乗せるライオネルが可愛らしい。

「ごめん。つい、ファティアを驚かせたくて。けどほら、いきなりキスしないだけいいでしょ。ファティア、未だにキスのあとは固まっちゃうから」

「な、慣れるのには時間がかかるんですってば……!」

ライオネルと恋人同士になってからというもの、ライオネルの甘い言動は限界突破したように格段に増えた。

ソファに横並びで座るときは、手を繋いだり肩を抱かれたりするのが当たり前。

朝起きたら必ず抱き締めてくれて、頬をぷにぷにと優しく摘まれたり、ご飯をあーんしようとしてきたり、毎日可愛いと言ってくれたり、少し前髪を切っただけでその変化に気付いて、「可愛いが更新されてる」と言ってくれたり……。

(……いや、うん。全部嬉しい……んだけど)

如何せん、キスだけは中々慣れなかった。

最低でも一日一回、寝る前に必ずキスをする約束をしているが、そのたびに毎回ファティアの体は硬直してしまうのだ。

（こう……何だかキスって好きな者同士がする特別なものってイメージがあるから、毎回幸せな気持ちと緊張でいっぱいいっぱいになっちゃうのよね……）

少し口元を緩めながら考え事をしているファティアに、ライオネルは話しかけた。

「それにしても、良い天気だね。大物も洗濯して干すなら俺がやるよ」

「えっ、いいんですか？　けっこう大変だと思いますが……」

「だからでしょ。それに、なまじ魔法が使えると体がなまりがちだからさせて。……働いたあとに食べるファティアの作った朝ご飯は美味しいだろうな……」

「ふふ、それじゃあ、腕によりをかけて作りますね」

ファティアは幸せそうに微笑んでから、キッチンへと足を運んだ。

「ファティア、これってクラムチャウダー？　ものすごく美味しい……天才……」

ライオネルが洗濯を済ませたあと、二人は朝食をとっていた。

今日のメニューは、ライオネル大絶賛の野菜たっぷりクラムチャウダー。チーズを乗せてこんがりと焼いたパンに、色とりどりのサラダだ。

「気に入っていただけてよかったです！　沢山作ってあまってしまったので、お昼にも同じスープを出しても構いませんか？」

「むしろ、こんなに美味しいスープをお昼にも食べられるの？　俺あと三回くらいおかわりする予定だけど、それでもあまる？　大丈夫？」

「はい！　お鍋になみなみに作ったので！」

喜んでいるライオネルの顔を見ながら、ファティアもクラムチャウダーを口に運ぶ。

（うん、中々にいいでき！　……でも、熱い！）

咄嗟に舌をベッと出す。ファティアはかなりの猫舌だった。

少し冷ましてから食べようと思っていると、ライオネルがクラムチャウダーを掬《すく》ったスプーンをずいっと差し出してきた。

「はいファティア、あーん。あ、ちゃんと冷ましてあるから大丈夫だよ」

「……っ、あーん……」

――ごっくん。

「美味しい……です」

顔を真っ赤にしながらファティアがそう言うと、ライオネルは嬉しそうに微笑んだ。

「はは、可愛い」

「〜〜っ」

より顔を真っ赤にするファティア。

ライオネルはそんなファティアを見つめながら、スプーンを置いた。

「……それにしても、こうやってゆっくり過ごせるのも、もう少しだね」

「そうですね。来週からライオネルさんは魔術師として復帰して、私は聖女として働き始めますし……」

――そう。約一ヶ月前、ファティアはアシェルから聖女として国のために働いてくれないかという打診を受けた。

ファティアは悩みながらも、ライオネルが色々と相談に乗ってくれたおかげもあって、聖女として働くことを決意した。

その旨は既に手紙でアシェルに報告済みだ。

ファティアはすぐに働くことになるのかと思っていたが、アシェルが『働き始めたら環境が変化するだろうから少しだけゆっくりするといい』と言ってくれたので、その言葉に甘えさせてもらったのである。

その間、ファティアの護衛を兼ねてライオネルも魔術師としての復帰を遅らせることになり、現在に至る。

「不安はない？　大丈夫？」

心配げな顔のライオネルに、ファティアはコクリと頷いた。

「全く不安がないわけではないですけど、ライオネルさんがいてくれるから平気です。でも、ほら、今日は王城に行くじゃないですか……。アシェル殿下からの手紙には大切な話があるって書いてあったので、それが気になるというか」

「それは確かに。手紙で言えないことって何だろう。俺たちの新しい住まいのこととか？」

ファティアが聖女として働き始めたら、護衛にライオネルが付くことは、アシェルから許可を得ている。

この家を出て、王都に新たな家を構えるということも、そこでライオネルと一緒に暮らすということも、アシェルは快諾してくれた。

……どころか、土地を準備したり、一流の職人を手配して、家の建設に協力してくれているくらいだ。

「そ、それはないんじゃ……？」

とはいえ、アシェルも暇ではない。

いちいちファティアとライオネルの新居の話をするために登城を指示しないだろう。

「……じゃあ、何だろう。まあ、行けば分かるか」

「ふふ、そうですね。食べ終わったら、出発する準備をしましょうか」

「うん。とりあえず四回目のおかわりしてくる」

「食べすぎでは……？」

◇◇◇

――同日の午後。

ライオネルと共に登城したファティアは、アシェルの最側近に案内され、彼の執務室に通された。

「失礼します、アシェル殿下」

「し、失礼いたします……！」

「やあ、わざわざ来てもらってすまないね、二人とも」

部屋の手前にはローテーブルを挟むように二人掛けのソファがそれぞれ設置されている。その奥には執務用だろうデスク。そこから立ち上がったアシェルは、ソファの方へと歩いてきた。

そんなアシェルの後ろには上品なラベンダー色のドレスを身に纏ったリーシェルがいる。どうやら、今回はリーシェルも一緒のようだ。

「立ち話もなんだし、とりあえず座ろう」

それから、アシェルの指示のもと、ファティアとライオネル、アシェルとリーシェルの組み合わせで向かい合わせに座ると、使用人の一人がお茶を入れて部屋から去っていった。

(わざわざ直接話すことだから、やっぱり他の人には聞かせられないようなことなのかな)

内心そんなことを思いながら、ファティアはアシェルが話し始めるのを待った。

すると、アシェルとリーシェルは一度顔を見合わせてから、ファティアに視線を移した。

「ファティア嬢、直接礼を言うのが遅くなってしまい、申し訳ない。兄上の婚約披露パーティーの際、私の命を救ってくれてありがとう」

「……！　い、いえ、そんな……！　頭を上げてください……！」

レオンが不祥事を起こした今、アシェルがこの国の次期国王と考えてほぼ間違いない。

そんな人物に頭を下げられたファティアは驚いて、胸の前で両手をパタパタと振った。

「ファティア様、私からもお礼を言わせてください。聖女であることが知れ渡ってしまうという危険がありながらも、アシェル様を助けてくださって、本当にありがとうございます」

「リ、リーシェル様まで……！　当然のことをしたまでですから、頭を上げてください……！」

次期国王と、次期王妃。

その両者から頭を下げられたファティアは困り果て、隣のライオネルをちらりと見る。

こちらを見るライオネルは、感謝は受け取るべきだと言わんばかりのニッコリとした表情をしている。

（な、な、な、何てこと……！）

ライオネルは助け舟を出してくれる気はないらしい。

こんな大物二人に頭を下げられたら恐れ多いことこの上ないのだが、ファティアは礼を受け取るしかこの場を乗りきる方法はないのだと悟った。

「わ、分かりました！　お二人のお礼は受け取りましたから！　お願いですから頭を上げてください……！」

「ありがとう、ファティア嬢。流石聖女で、ライオネルが好きになった女性だ。何て心優しい女性なんだろう」

「本当ですわね。そんなファティア様の教育係になれるだなんて、私、本当に嬉しいですわ」

「え？　リーシェル様が私の教育係？」

何のことだか分からず、ファティアはライオネルと目を合わせた。

「ええ、これからファティア様は聖女として表舞台に立たれたり、パーティーに参加する機会があるかと思います。最低限の礼節は身に付けておいた方がファティア様のためにもなりますから、そのお役目を私が引き受けることになったのですわ」

「そういうことでしたか……！　リーシェル様に教えていただけるなんて、とっても有り難いです！」

「まあ！　嬉しいことを言ってくださいますのね」

何と、以前レオンに言った口からでまかせがここで現実になるとは……。

そんな驚きはあるものの、リーシェルが教育係になってくれることが嬉しい。

「よかったね、ファティア」

「はいっ！」

ライオネルと喜びを分かち合っていると、アシェルが「そろそろ本題に移ろうかな」と話を進めた。

「今日話したいことは主に二つ。まずは、兄上……いや、レオンと、その婚約者ロレッタの現状を伝えておこうと思う。当事者のお前たちには、知る権利があるからな。まず、レオンについてだが——」

アシェルの兄であり、メルキア王国第一王子のレオンは事件後、王城にある地下の牢屋に一時的に幽閉されているらしい。

結局呪詛魔道具の件についての証拠は出なかったものの、魔道具の無断使用に、ファティアを拉致したこと、第二王子の毒殺を企てたことから、一生幽閉されることになったとアシェルは話す。

国王もレオンの起こしたことは重く受け止めているようで、王位継承権の剥奪に留まらず、王族からの除籍も検討しているようだ。

「それと、ファティア嬢。ロレッタのことなんだが……彼女も今、地下牢に幽閉されている」

ロレッタの罪の一つは聖女であると謀ったこと。

ただ、実際にロレッタは少しだけ聖女の力が使えたので、その点は考慮されるらしい。

ファティアのペンダントを盗んだことに関しても、それが聖女の力を発揮するために必要なものであるとロレッタが知らなかったことからも、それほど大きな罪にはならないようだ。

ファティアへの暴力に関しては、ファティアが聖女であることとは関係なく、一個人を傷付けたものとして罰を確定するらしい。

ただ、アシェルが死ぬかもしれないと知りながら、レオンの計画に加担したこと。

レオンがファティアを拉致する際に協力したことは、かなり重い罪になるだろうとアシェルは話してくれた。

ファティアを拉致することに関してロレッタは、従わなければ家族もろとも死刑になるかもしれないぞと、レオンに脅されていたらしい。

そのあたりがどの程度情状酌量に繋がるかは、裁判が始まってみないことには分からないとアシェルは語る。

(ロレッタ……。レオン殿下に脅されていたのね)

その事実を知っても、ロレッタにされた過去は変わらないし、憎いものは憎い。

母の形見であるペンダントを奪われ、家を追い出されたあのときの絶望は、一生忘れることはないだろう。

(けれど、ロレッタにも、誰かを大切に思う気持ちがあった……)

家族が自分のせいで死刑になるかもしれないと恐れ、追い詰められ、ロレッタは犯行に加担した。

被害者のファティアからしてみれば、そんな事情は関係ないのが本音で、だから何?と言ってしまいたくなる気持ちが、ないわけではない。

(――ロレッタ)

彼女のしたことは許せない。もう二度と、会いたくない。

幸せになってほしいだなんて願えない、けれど。

(どうか罪を認めて、人生をやり直してほしい。そして叶うならば、もう二度と誰かを傷付けるようなことはしないで、両親を大切にして……穏やかに生きていってほしい)

少しの間だけだけれど、家族になったロレッタに、ファティアは心からそう願う。

「それと、ロレッタの両親である、ザヤード子爵と子爵夫人も幽閉されたよ。理由は二つ」

一つは、ザヤード子爵家内を調査したら、ロレッタの両親もファティアに暴力を振るっていたことが発覚したからだとアシェルは話す。

「二つ目の罪は、聖女であるファティアを、国に内緒で買ったことだ。これに関しては、売った側であるファティア嬢が暮らしていた孤児院の院長もだ」

「……！」

「更に、院長は国からの支援金を中抜きし、孤児たちにかなり劣悪な環境を強いていたことが分かった。すまないね、ファティア嬢。私のような民を守る立場にあるものがしっかりしていないせいで、君たちに辛い思いをさせた」

「……っ」

ファティアは首を何度も横に振る。

確かに、孤児院での暮らしは辛いことも多かったが、幸せなことも沢山あったから。

「アシェル殿下、これからあの孤児院はどうなるんですか……？」

不安げに問いかけたファティアに、アシェルはニコリと微笑んだ。

「既にまともな人間を院長として派遣した。食事や寝具、衣類など、すぐに手が入れられるところは、もう改善しているよ。建物といった時間がかかる部分もおいおい修繕するし、何より折檻《せっかん》は絶対起こらないようにさせるから、安心してくれ」

「ありがとうございます……！　ありがとうございます……！」

これで、残してきた子供たちが辛い目にあわなくて済む――。

そう思うと、自然と感謝の言葉が溢れてきて、ファティアは頭を下げた。

「よかった……ほんとによかったね、ファティア」

「はい……っ」

そっと繋がれたライオネルの手を、優しく握り返す。

感動に浸るファティアたちに、リーシェルは目元にハンカチを当てた。

「流石ですわ、アシェル様……」

「いや、まだまだこれからだよ。これを機に、国全体の孤児院を徹底的に調べ、改善するべきところは早急に実行しないとね」

それから、アシェルは一度紅茶を口に含む。

そして、真剣な表情でもう一つの話題を切り出した。

「――ファティア嬢、君の母上のことについて、少し話をしてもいいかい？」

「どうして、私のお母さんのことをアシェル殿下が……？」

ただの平民だった母と、メルキア王国、次期国王のアシェル。

どうしたって繋がらないはずなのに、何故アシェルから母の話が出てくるのか、ファティアには皆目見当がつかなかった。

「実は、初めてファティア嬢に会ったときに、どこかで見た顔のような気がしてね」

「私が、ですか……？」

「そう。気になり始めるとどうにも気持ち悪くなってね。申し訳ないと思いながらも色々と調べていたら、城内のとある倉庫に、君によく似た似顔絵を見つけたんだ」

「似顔絵？」

世界には自分とそっくりな顔をしている人間がいるという話を聞いたことはあるが、それがどう母の話に繋がるのだろう。

ファティアが小首を傾げると、アシェルは言葉を続けた。

「その似顔絵に描かれた女性の名は――ケイナー」

「……！　ケイナーは、母の名前です！」

「念のために似顔絵を持ってきたから、確認してくれ」

アシェルは懐から古びた紙を取り出す。紙の傷み具合からして、十年以上は経っているだろうか。

ファティアはテーブルの上に置かれたその似顔絵を、じっと見つめた。

「間違いありません……！　かなり若いけれど、これは私のお母さんです……っ」

「……やはりね。あまりにもファティア嬢と瓜二つだし、彼女――ケイナーさんの力を考えたら、確実にそうだろうなって」

「力……って、まさか――」

アシェルの言わんとしていることを察したのか、ライオネルがそう口にする。

アシェルはコクリと頷いて、似顔絵とファティアを順々に指さした。

「ファティア嬢、君の母上はね、聖女だったんだよ」

「えっ」

「それも、隣国ラリューシュのね」

「……!?」

ラリューシュ帝国。その名前には聞き覚えがある。

(確か……以前、ライオネルさんと街に出かけたときに、魔道具店の店主さんがそこの出身だって……。確か、魔道具の生産地としてとても栄えているのよね)

ラリューシュ帝国については多少知識があるものの、突然母が他国の聖女だったなんて言われて理解できるはずもない。

不安げにエメラルドグリーンの瞳をキョロキョロとさせるファティアに、アシェルはこう続ける。

「順番に説明するよ。まず、この似顔絵がこの国に送られてきたのが、約二十年前――」

つまり、ファティアが生まれる約三年前、突然メルキア王国に、隣国ラリューシュからケイナーの似顔絵が送られてきた。

その似顔絵と共に書簡も送られてきたのだが、当時の文書保管係のミスにより紛失してしまった。

しかし、当時まだ二、三才だったアシェルは、その書簡について国王と宰相たちが話していた内容を断片的に覚えていた。

似顔絵に関しても、そのときにちらっと見えたものがずっと頭の奥深くに残っており、アシェルはファティアを見たときに既視感を覚えたのだという。

「ラリューシュ王国の聖女ケイナーが逃亡したというような内容が、その書簡には書かれていたんだ。つまりこの似顔絵は、彼女を見つけたら知らせてほしいという意味が込められたものなんだよ」

「逃亡……!?」

「ああ。逃亡理由は、ラリューシュ帝国の上層部によって情報が漏れないように徹底されていたため当時は分からず、もちろん今も分からない」

「……逃亡って……いや、その前に、お母さんが聖女だったなんて……っ」

しかし、母が聖女だとすれば、このペンダント――魔道具を持っていたことには納得がいく。もし母が、ファティアと同じで魔力が漏れ出してしまうような体質だったとしたら。そのせいで、聖女の力が発動できなかったとしたら――。

魔道具の生産地として知られているラリューシュなら、そんな母の魔力を吸収するようなものを開発することは十分有り得る。

(でも……どうして?)

何故、母は何も言ってくれなかったのだろう。

当時ファティアがまだ幼かったからだろうか。

それとも、母が聖女であることを――いや、そもそも聖女という存在そのものを、敢えてファティアに教えるつもりはなかったのだろうか。

(――それなら、どうして……)

ファティアは疑問を胸に、拳をギュッと握り締めた。

「……けど、逃亡する理由ならいくつか思い付くよね。ラリューシュ帝国の上層部――例えば王族やそれに連なる貴族たちに、聖女の力を使えと無理強いされて嫌だったからとか、平和の象徴として王族と結婚することを強いられたとか」

「……確かに、ライオネルさんの言う通り、逃亡の理由なら何かしらありそうですけど……」

「何にせよ。ファティアが帝国の聖女の娘であることが分かったら、返還を求められる可能性がありますよね？　なのでアシェル殿下、この話はここだけの秘密にしてください」

「ああ。分かっている」

ファティアもつい一ヶ月ほど前の、レオンの強硬手段にはえらい目にあった。

あのときライオネルが来てくれなかったらどうなっていただろう。考えただけで、寒けがする。

だから、母が逃げるという選択をしたことにそれほど不思議はないのだが、未だに胸の奥につっかえる疑問に答えは出なくて——。

（……お母さんはどうして、このペンダントを私に……）

娘にも聖女の素質が備わっているかもしれないと母は考えたのだろうか。

自分と同じ体質ならば、このペンダントがファティアには必要だろうと考えてくれたのだろうか。

（けれど、お母さんは聖女だったせいで、何らかの理由で母国から逃亡しなくちゃいけない状況に追い込まれたのに）

家族と別れて逃亡を決意したことも、知らない土地で暮らすのも、出産直前に事故で夫を亡くし、女手一つでファティアを育てるのも、決して楽な道ではなかっただろう。

そうなる原因は、母が聖女の力を有していたからに他ならない。

というのに、何故ファティアに、聖女の力が扱えるようになる魔道具《ペンダント》を託したのだろう。

(分からない……。ただ、このペンダントをくれたとき、お母さんは確か……)

ファティアがペンダントを託されたのは、雨が降っていた日。

元々病弱だった母は、風邪をこじらせてしまい、薬も効かないほどに弱っていた。

もう息をするのもやっとの母は、ファティアの手を必死に握り締めながらこう言った。

『貴方には苦難が訪れるかもしれないけれど、このペンダントがきっと守ってくれるわ』

『私の最愛のファティア――』

『ファティア……幸せになってね。お母さんの最期のお願いよ』

笑顔でそう話した母を思い出し、同時に、当時の自分のことを思い出したファティアはハッとした。

(……ああ、お母さんは、もしかして……)

「ファティア」

「……」

「ファティア……！」

「あっ、すみません、ライオネルさん。少し考え事を……していました」

控えめな笑みを浮かべるファティアに、ライオネルは不安げな表情を見せる。

しかし、突然扉がノックされたことによって、全員の意識は入り口へと移った。

「お話し中のところ、大変申し訳ありません……。殿下、国王陛下が今後のことで話があると」

「……ああ、分かった。すぐに向かうと伝えてくれ」

アシェルの側近らしき人物が扉を閉めると、アシェルはファティアとライオネルに向き直った。

その表情は、申し訳ないと言わんばかりのものだ。

「わざわざ来てもらったのにすまない。兄上――レオンのこともあって、まだ城内はバタバタしていてね」

「いえ、構いませんよ。ファティア、このあたりで俺たちはお暇《いとま》しようか？」

「は、はい！」

ライオネルと同時に立ち上がったファティアに、アシェルが声を掛けた。

「ファティア嬢の母上のことだから話しておいた方がいいと判断したが、余計な世話だったのならすまない。それと申し訳ないが、この似顔絵は国が管理しているものだから、娘である君にも渡すことができないんだ」

「い、いえ！　驚きましたけど、知れてよかったです。似顔絵のことも、気遣ってくださってありがとうございます……！　けれど私には、ペンダントがあるので大丈夫です。では、アシェル殿下、リーシェル様、失礼しますね」
それからファティアはライオネルと共に帰路に就くため、二人で馬に跨ったのだった。

第24章　『聖女』と『天才魔術師』の幸福

「……ファティア、お母さんのこと、大丈夫？」

——舗装されている、緑に囲まれた道。

タンタンタンタンタンタン。

馬が並足で進む中、背後に座るライオネルの問いかけに、ファティアは首を縦に振った。

「母が聖女だったことや、逃亡してこの国に来たことにはとても驚きましたが、何とか」

「聖女は数十年に一人しか現れないと言われているけど、まさかファティアのお母さんも聖女だったとはね……」

「私、思い出したんです」

「……？」

それからファティアは、母が魔道具であるペンダントをファティアに託したのが何故なのか、母とのやりとりで思い出したことについて話し始めた。

「……このペンダントさえなければ、おそらくファティアは聖女の力が覚醒することもなく、色々な困難に巻き込まれることはなかったわけだしね。ファティアのお母さんだって、娘のファティアが自分と同じ聖女で、魔力が漏れ出してしまうような体質であることを一切想像していなかったとは考えづらい」

「……はい。でも、こう思うんです。それでもお母さんが私にペンダントを託したのは……。ただ、私に生きてほしかったからなのかなって」

「え？」

「私、お母さんが亡くなるとき――」

母の最期の言葉をきっかけに、ファティアは母が逝く直前に自分がどんな言葉を言ったのか、はっきりと思い出していた。

――『死なないで』『一人にしないで』『置いていかないで』『お母さんがいないなら、生きたくない』

そう、何度も口にしたこと。

まだ幼かったファティアには、死にゆく母を安心させるような言葉はどうしても言えなくて、寂しさや、悲しみや、不安や、叶わぬ願いをただただ口にすることしかできなかった。

「お母さん、そんな私のことをとても心配したと思います。もしかしたら、私がお母さんのあとを追って死ぬんじゃないかって、そう思ったかもしれません」

「……」

ファティアはそっと目を伏せて、首元のペンダントを見つめた。

「だから、母は……母が肌身離さず着けていたこのペンダントを、『きっと貴方を守ってくれる』と言って私に託したんだと思うんです。……少なくとも私はそう言われたとき、このペンダントを大切にして、生きなきゃって思いました」

「そんなことが……」

「それと、これも私の想像ですけど……」

母は何かしらの理由で母国を逃亡して、ここメルキア王国にやってきた。

しかし、追手が来るかもしれず、聖女の捜索が行われているかもしれない状況で、聖女の力は使えなかったのだろう。

「自分は誰かを助けられる力を持っているのに、娘との貧しくても穏やかな生活を優先するために、能力を隠し続ける。……そのことに母は、罪悪感を覚えていたのかもしれません」

「……」

おそらく、母が自分に治癒魔法を施さなかったのもそのためだろう。

自分が聖女として表舞台に立っていれば救えた命があるかもしれないと思ったら、今更自分のために聖女の力を使う気にはならなかったのかもしれないと、ファティアは思った。

「だから、もし私が聖女の力を有していたらそのときは……この力で、人々を救ってほしいとも願っていたのかなって、そう思うんです。ペンダントと一緒に、母の願いも託されたのかなって」

「……なるほど。ファティアのお母さんなら、有り得るかもしれないね」

大勢の人の病気や怪我を治し、『呪い』をも浄化できる聖女の力。

ライオネルの苦痛を和らげてあげたい、『呪い』を解いてあげたい。

そのために聖女の力を復活させたいと願ったファティアには、その能力があるのに使わなかった母の気持ちを完全に理解するのは難しい。

幼い子供を一人残して先に死ぬというのも、中々理解しがたい部分がある。

けれど、奇跡のような力だからこそ、相当な苦悩だったはずだ。

「お母さんはきっと沢山悩んで、苦しんで……そして私にこのペンダントを託すことを決めた……。結果として、このペンダントは私に悲しみや苦しみをもたらしたけれど、それ以上に誰かを助けられる嬉しさや、必要とされる喜び……それに、ライオネルさんと、出会わせてくれた」

「ファティア……」

「私は今、大好きな人の傍にいられてとっても幸せだよって……ありがとうって……。私はお母さんに伝えたいです」

振り向いてライオネルの顔を見ながら、ファティアはパッと花が咲いたような笑顔を見せる。

ライオネルはゆっくりと手綱を引いて馬を停止させると、そっとファティアを抱き締めた。

「……ファティア、俺と出会ってくれて、本当にありがとう。絶対に幸せにする。……うん、一緒に幸せになろう」

「はい……！」

ファティアが返事をすると、ライオネルは「あ……」と呟いてから、おもむろに西の空を指さした。

「ファティア見て、あれ……。お城にいる間に、このあたりでは雨が降ったみたいだね」

「虹……っ！　ライオネルさん、とっても綺麗ですね……！」

「うん。綺麗だね」

人生でこんなにもくっきりとした綺麗な虹を見るのは初めてだ。

しかも、ライオネルと一緒に見られるなんて……。

(こういうのを、幸せって言うんだろうな)

ファティアがそんなことを考えていると、ライオネルが耳元で囁いた。

「ファティア、一緒に虹を見てさ、綺麗だねって言い合えるの、最高に幸せだと思わない？」

「……！　それ、私も今、思ってました……！」

「あはは。俺たち同じこと考えてるね」

二人はそれから、空にかかる七色の美しさに酔いしれ、どちらからともなくそっと唇を重ねた。


〈おわり〉

棄てられた元聖女が幸せになるまで

番外編1　その姿の上目遣いは攻撃力が高い

——ボフンッ!!

「えっ……!?」

それは、あまりに唐突だった。

「ライオネルさん、その姿……って、え!?　そもそもライオネルさんですよね!?　えええっ!?」

「ハインリめ……絶対に今度、あいつの眼鏡をバッキバキに割ってやる……」

ほんのり青みがかった黒髪も、垂れた目尻も、その顔つきも、ハインリに対して辛辣なところも、ライオネルに間違いないのだろう。

けれど、ファティアは目の前の彼の姿と、普段よりもかなり高い声色に、この現状を信じられないでいた。

「ど、ど、どうしてライオネルさんが急に子供の姿に——!?」

――それは、遡ること約三十分。

「ファティア、今日のお昼ご飯って何？」

「ハンバーグにするつもりです！」

いつもと変わらない昼下がり。少し遅めの昼食の準備をするためにキッチンに立っていたファティアは、手早く野菜を切っていた。

一方ライオネルは、ハンバーグなのが余程嬉しかったのか、本を整頓しながら目をキラキラと輝かせた。

「すっごい楽しみ。俺に手伝えることある？　洗い物しよっか？」

「ふふ、今はまだあまりないので大丈夫ですよ。手が欲しくなったら言いますね！」

「そう？　分かった。ならテーブルは拭いておく」

「ありがとうございます……！　助かります！」

一緒に暮らし始めたときに役割分担をして、料理はファティアの担当になっている。だから、ファティアが料理をしている最中、ライオネルは自由にしていてもいいのだが、彼は頻繁に手伝えることはないかと尋ねてくれたり、洗い物ぐらいはするからと手を貸してくれたりするのだ。

（ライオネルさんって、本当に優しいなぁ。……美味しいハンバーグを頑張って作らなきゃ！）

ファティアはそう意気込むと、次はお肉の準備に取りかかった。

お肉をよく捏《こ》ねてから、卵を入れたり、香辛料を入れたりして、よく混ぜ合わせていく。それを丸めて形を整えて、中に火が通るまでこんがりと焼き色を付ければ出来上がりだ。

(あとは盛り付けるだけね！　スープも注いで……)

しかし、そんなときだった。

「……あっ、この光って」

リビングの床が突然青白く光り始め、魔法陣の模様が浮かび上がる。

いつも、ハインリが転移魔法を使う際に現れる魔法陣だったので、ファティアが過剰に驚くことはなかった。

「ライオネルさん、今回は一体何が送られてきたんですか？」

ファティアは手を洗ってから、先に魔法陣のところまで来ていたライオネルに声を掛ける。

すると、ライオネルは届いたそれを拾い上げると、ファティアに見えるように腕を伸ばした。

「魔法薬だよ」

「魔法薬……？　すみません、聞いたことがなくて」

「そうだよね。普通、魔術師かそれに関連する職業の人間じゃない限り、魔法薬なんて知らないし」

そう言ってライオネルが魔法薬を渡してくれたので、ファティアはそれを受け取るとじいっと見つめた。

透明な小瓶に入った紫の液体は少し不気味で、もしこれが飲むタイプの薬なのであれば、抵抗感を覚えそうだ。

ファティアがそんなふうに考えていることを表情から感じ取ったのか、ライオネルは小さく笑ってから説明を始めた。

「ファティア、それは飲み薬だよ」

「ひぇっ……や、やっぱり……そうなんですね」

「うん。これはね、南方の国で製造されているもので、魔法や魔力に対して何らかの効果が得られるというのが売りの薬らしいんだ。ま、この国ではまだ正式に商品としては認可されていないんだけどね。当たり外れがあるみたいで。あ、安全面は保証されてるから、その辺は安心して」

「えっ……！　どうしてそんな商品を、ハインリさんが送ってきたんですか……？」

目を見開いて問いかけるファティアに、ライオネルは何とも爽やかな笑顔で答えた。

「俺が面白そうだと思ったから」

「はいっ!?」

「せっかくなら試さないわけにはいかないでしょ？　だから早速飲んでみるね。それでさ、すぐにハンバーグ食べよう」

――ゴクリ。

「ラ、ライオネルさん!!　そんな一気に……!?」

喉仏が大きく動いた直後、ライオネルの手中にある小瓶は綺麗サッパリ空になっている。

（あの真面目なハインリさんが送ってきたわけだから、危険性は少ないんだろうけど、それにしたって一気飲みしなくても……！）

――もしライオネルが体調を崩して、『呪い』のときのように体を蝕む苦痛が彼を襲ったら、どうしよう。

ファティアはそんな不安に駆られて、魔法薬を摂取してからぼんやりとしているライオネルに不安げに声を掛ける。

「あの、ライオネルさん大丈夫で――きゃあっ!!」

だが、そのすぐあと事態は急変することになるのだった。

――そして、話は冒頭に戻るのだけれど。

「ど、ど、ど、どうしてライオネルさんが急に子供の姿に――!?」

「ファティア、落ち着いて」

ボフンという効果音と共に、突然幼児化したライオネル。

体は小さくなったものの、服はそのままのサイズなので、服の隙間から肌の色が覗く。

早く隠さねばと焦ったファティアはすぐさまベッドのシーツを取ると、それを小さなライオネルへと被せた。

「うわっ……ファティア、いいから落ち着いて」

「と、とにかく今のライオネルさんでも着られる服を持ってきますから待っててくださいーっ!!」

「ちょ、ファティア……!」

◇◇◇

ファティアが落ち着きを取り戻したのは、ライオネルが幼児化してから約一時間後のことだった。

「すみません……大慌てしまして……」

「うん。赤ちゃんでもないのに、いきなりミルクを作らなきゃと言い出したときは、本気でまずいかもと思った」

「あ、あははは……」

結局、幼児になったライオネルがまともに着られる服はなかったので、適当な布を体に巻き付けている。

ライオネル曰く、体が幼い頃の姿に戻っただけで精神面の後退はないそうなので、それは不幸中の幸いとでも言うべきだろうか。

「ライオネルさんって、今のお姿だと何歳くらいでしょうか……？　四、五歳くらいですか？」

「うん。そうだと思う。魔法薬を飲んだせいで体が幼くなったんだろうね」

（体が幼くなる薬なんて、誰が思い付いたんだろう……）

魔法薬はいかなるものでも最大で二十四時間以内には効果が消えるそうなので、心配いらないとのことだ。

それならば大丈夫だろうかとホッと胸を撫で下ろしたファティアは、小さなライオネルがお腹を擦っている姿を見て、はたと思い出した。

「そういえば、昼食の前でしたね！　温め直して食べましょうか！」

「うん、手伝う。お腹すいた」

今にも涎を垂らしそうなほど空腹状態のライオネルに、ファティアは配膳を頼む。

意識は大人でも、体が小さくて危なっかしいので、スプーンやフォークなどの軽いものや、器が温かくないものなどだ。

（ハンバーグ、幼いライオネルさんの口に合うかな。ソース、辛《から》くないかな）

そんな懸念を持ちつつも、手早く料理を運べば、あとは向かい合わせに座って食べ始めるだけだったというのに。

「あ、あれ？　ライオネルさんっ……!?　これは、い、い、い、一体どういうことですか!?」

太腿の上に感じる、ずっしりとした重みと体温。自身の胸あたりにある、ふわふわとした青みがかった黒髪。

ライオネルの姿はいつも向かい側に座る椅子の上にはなく、何故かファティアの膝の上に乗っていたのだった。

「だってほら、今の俺の体じゃあ、椅子に座ってもご飯食べづらいから」

「ハッ……！　なるほど！　それならクッションを用意しますよ!?」

「ううん。ここがいい」

そう言ったライオネルは顔だけを振り向かせると、上目遣いで続けざまにこう言った。

「こんな機会滅多にないから……ファティアに甘えながらご飯食べたい。……だめ？」

「～～っ!?」

少し眉尻を下げて、不安そうに問いかけてくるライオネルの姿は、おそらく通常時でも心打たれただろう。

だというのに、今の幼い姿でそんなことを言われたら、ファティアに拒否できるわけもなく──。

「私でよければ……いくらでも喜んで……!!」

「ははっ。ありがとう、ファティア」

「うっ……か、かわ、いい……っ」

それから、ファティアはライオネルの分を彼が食べやすいように手前に寄せると、覗き込むようにして彼の食事風景をじっと見つめる。

（ち、小さなお口がもぐもぐしてる……！　ハッ……!!　お口の端にソースが付いて……！　かっわいいぃぃぃ……!!）

孤児院で暮らしているときも幼子たちが食事する姿には大変癒やされたものの、それがライオネルともなると桁違いの破壊力だ。

「ファティア、このハンバーグとっても美味しい。というか、スープもサラダも、全部美味しい。ほんと天才。いつもありがとう、ファティア」

「ほ、褒めすぎですよ……ううっ、可愛い……」

それに、やはり上目遣いの可愛さたるや、尋常ではないのだ。

ファティアは幼いライオネルの一挙手一投足にメロメロになって、自分の食事を忘れて彼に夢中になってしまう。

そんなファティアにライオネルは再び振り向いて上目遣いをすると、小首を傾げながら問いかけた。

「ファティア大丈夫？　食欲ないの？」

「……かっ、かわっ……じゃない……！　大丈夫ですよ、ライオネルさん！　万が一にもライオネルさんの体に食べ物を落としてしまってはいけませんから、私はライオネルさんの食事が済んでからいただきますね」

「そうなの？　気にしなくていいのに」

――まあ、本当は幼いライオネルが可愛すぎて食べるのを忘れていただけなのだけれど。

流石にそれを口に出せるほどファティアは図太くないので適当な言い訳をすると、ニッコリと笑ってみせる。

そんなファティアを見たライオネルは何かを思い付いたのか、「それならさ」と若干悪い笑みを浮かべた。

「ファティアの手が空いてるなら、食べさせてくれない？」

「……えっ⁉」

ライオネルからの突然の提案に、ファティアはぶわっと顔を赤らめた。

（つまり、それは……あーんをしてということ⁉）

恥ずかしい……という思いが脳裏に過ったファティアだったが、目の前のライオネルの姿にその考えは一瞬にして消え失せた。

何故ならライオネルは今、幼い子供だからである。

「はい、いいですよ！」

「本当？　言ってみてよかった」

年端もいかぬ子供にあーんをすることに、緊張など必要ない。むしろ、それで目の前の天使

――ライオネルが喜んでくれるなら願ってもないことだ。

「ライオネルさん、ハンバーグにしますか？」

「うん」

ファティアはライオネルからフォークを借りると、事前にひと口大にカットしたハンバーグに刺して、ライオネルの口に運んでいく。

「はい、あーん」

「あーん……もぐもぐ……美味しい……」

目を瞑り、幸せを噛み締めるように食べるライオネルの姿に、ファティアは大満足だ。

（ふふ、ライオネルさん幸せそう……！　ライオネルさんはああ言っていたけれど、体が幼くなった影響で、もしかしたら本人も無自覚のうちに精神も少し幼くなっているのかしら？　だからこんなふうに甘えたくなるのかもしれないわね）

そんなふうに考えたファティアは、まるで我が子を見るような慈しみの眼差しをライオネルに向ける。

すると、ライオネルは一瞬目を細めると大人びた笑顔を見せた。

「……ファティアが食べさせてくれると、さっきより美味しくなった気がする」

「えっ？　そ、そんなことはないと思いますけど……」

「ううん。そんなことあるよ。ファティアにもあーんしてあげようか？　そうしたら、俺が言ってること少しは分かるかもしれないし」

「……へっ？　えっ？　あの？　ライオネル、さん……？」

先程よりも若干声も低く、どこか大人のときの雰囲気を醸し出しているライオネル。

そんな彼がハンバーグを刺したフォークをずいと差し出してくるので、素直に口を開ければいいだけの話なのだけれど、何故かファティアにはそれができなかった。

「ライオネルさんにあーんするのはいいんですけど、されるのはちょっと……その……」

「どうして？　たまにはファティアに甘やかされたいなと思って色々やってみたんだけどさ、やっぱり俺は甘えるより甘やかす方が好きみたい」

「……んん？　えっと……？」

「ああ、けど、こんな子供の姿じゃあ、ファティアも甘える気にはならないか」

そう言ったライオネルは少しだけ口角を上げると、幼子とは思えないほどの色気を含んだ声で、ポツリと呟いた。

「明日元の姿に戻ったら……目一杯ファティアを甘やかすからね。これは決定」

「は、はい……!?」

「覚悟しておいてね」

――結局その三時間後、ライオネルは元の姿に戻った。

幼かったライオネルの体に巻き付けてあった布が床に落ちた瞬間は見ずに済んだファティアはホッと安堵したものの、すぐさまライオネルにこれでもかというほど甘やかされて、心臓の高鳴りが収まることはなかった。

番外編２　愛妻弁当と苦労人のハインリ

ファティアと思いが通じ合ってから約半年後のとある日。

ライオネルは第一魔術師団の執務室にいた。

「ハァ……。早く帰りたいな……」

団長ともなると、仕事は多岐にわたる。机の上にある大量の書類を処理するのも仕事の一つだ。

しかし、ライオネルはあまり事務仕事が好きではなかった。

「それにしても、いくら何でも多すぎでしょ」

ライオネルは書類を一枚手に取り、ため息を漏らす。

普段はファティアの護衛に当たるため、事務仕事の多くをハインリに任せているのだが、今日ファティアは休暇のため、事務仕事から逃げられなかったのだ。

「……仕方がない」

ライオネルとファティアは、つい先日結婚式を挙げたばかりの新婚だ。

一秒でも早く家に帰って、ファティアの笑顔が見たいし、抱き締めたいし、何なら一緒にお風呂に入りたいし、同じベッドでくっついて眠りたい。

「さ、頑張るかな」

ライオネルはそう意気込むと、目の前の書類の処理に当たった。

それから二時間ほどが経過した頃、ライオネルは両腕を天井に突き上げるようにして体を伸ばした。

久しぶりの事務仕事に、体がガチガチだ。

「喉も渇いたし、一旦休憩するか」

そう呟いたと同時に、扉をノックする音が聞こえた。

声からしてハインリだ。ライオネルはどうぞ、と彼を通した。

「ライオネル、お疲れさまです」

「何の用？　あ、もしかして事務仕事代わってくれるの？　俺帰っていい？　ファティアが家で待ってるんだけど。俺新婚なんだよね。ハインリは独り身だから家で待っててくれる人いないしさ、それにお前、事務仕事割と好きでしょ？　よし、決定」

「入ってきて早々に早口で捲し立てるのやめてもらえますぅぅぅ!?」

何て通る声だろう。ライオネルは一瞬両手で耳を塞いでから、ハインリに怪訝な顔を見せた。

「……相変わらずうるさいな。……で、何の用で来たの」

「これを届けに来たんですよ！　ファティアからのお弁当！」

「は？　ファティアが？　ファティアが何だって？」

ハインリの口から出てくるとは夢にも思わなかった愛おしい妻の名前。

ライオネルはパッと表情を明るくして、ハインリの手に持っているものを目にした。

ハインリの両手よりも大きい、茶色のバスケット。

確か、庭でピクニックする際に使用した、食べ物を持ち運ぶ箱である。

特殊な木で作られた優れものであると、以前ファティアが話していた。

「ですから、お弁当です！　今朝は作るのが間に合わなかったそうなので、たった今第一魔術師団の受付まで届けてくださったのですよ！　『ライオネルさん、これを食べてお仕事頑張ってくださいね！　お帰りをお待ちしてます！』というファティアからの伝言も承りましたよ！　ちゃんと伝えましたからね⁉」

「え？　何？　今のファティアの真似？　全然似てないんだけど。何か腹が立ってきた」

「短気！　いくら何でも酷いですぅぅ!!」

ライオネルはスタスタとハインリの元まで歩くと、ハインリの手から奪うようにして弁当を手にした。

ハインリが「せっかく持ってきたのにぃ～！」とへこんでいるので、一応ありがとうと伝えておいた。

「ライオネルが私にお礼を言うなんて……!!　今日は雹《ひょう》でも降るのでは？」

「お前は本当に一言余計なんだよ」

眉間に皺を寄せたライオネルはそうぼやくと、執務室にあるソファに腰を下ろした。

（それにしても、せっかくファティアがここまで来たなら、一目でも会いたかったな……）

ファティアのことだ。仕事の邪魔にならないよう、弁当だけを渡して帰ったのだろうけれど。

（ファティアらしい。とりあえず、食べようかな）

先程まで書類の処理をしていたテーブルとは違う、ローテーブルに弁当をそっと下ろした。

そして、蓋を開け、バスケットの中に詰まった色とりどりの料理をじっと見つめる。

「流石ファティアですね。どれもとても美味しそうです」

「見ないでくれる？　ハインリに見られたら何か減る気がするから」

「見るだけじゃ減りませんからね!?」

バスケットを覗き込んでくるハインリはさておき、ライオネルはどれから食べようかと頬を綻ばせる。

ハムやチーズ、野菜や卵が挟まれた色々な種類のサンドイッチ、摘みやすいようなおかずに、デザートのクッキーまで入っている。

「クッキーは最後にして……やっぱりまずはサンドイッチかな」

「そうですね。無難にいきましょう」

「誰もハインリに話しかけてないんだけど。というか、暇ならお茶入れてくれない？」

「そう言われると思って既に準備してますよ！　はいどうぞ！」

ハインリはお茶をローテーブルに置いた。

ティーカップを二客用意し、ローテーブルを挟んだ向かいの席に座ったハインリは中々肝が据わっている。

「ん、ありがとう」

「またお礼を言いました⁉　珍しい」

「お前は俺のことを何だと思ってんの？」

ライオネルはまず渇いた喉を潤してから、ファティアが作ってくれたサンドイッチを口に含む。

もぐもぐ、もぐもぐ。

新鮮な野菜と、ジューシーなハム、濃厚だが酸味のあるソースが堪らなく美味しい。

「流石ファティア、すっごい美味い。いくらでも食べられそう」

「そちらの卵が入ったものも美味しそうですね」

興味深そうに話すハインリを、ライオネルはギロリと睨み付けた。

「ファティアが作ったものは漏れなく全部美味しい……って、絶対あげないからね」

「誰もおもらうだなんて思ってませんよ！　欲しいと言ってもくれないでしょう⁉」

「当たり前。クッキーの欠片でさえあげない。ファティアが作ってくれたものは全て俺のものだから。……というか、お前もそろそろ恋人作りなよ」

しれっと言うライオネルに、ハインリは紅茶を一気に飲み干し、空になったティーカップを勢いよくローテーブルに置いた。

「ライオネルが事あるごとに書類仕事を私によこすから、恋人を作る時間もないのですが……⁉」

「はは、それは確かに」

「た、た、た、確かにじゃありませんよライオネル〜〜‼」

◇◇◇

「ハインリさんって、恋人が欲しかったんですね……！　意外です……！」

同日の夜。帰宅したライオネルは食事やお風呂などを済ませ、ファティアと共にベッドに横になっていた。

今日のことを話せば、ハインリが恋人を欲しがっているとは思ってもみなかったファティアは、目を見開いている。

「そんなに意外？」

「はいっ！　何と言いますか、お仕事とライオネルさんにしか興味がないのかと思っていました……！」

「仕事はまだしも、俺に興味持たれるのは普通に嫌なんだけど」

「それは無理ですよ！　ハインリさんはライオネルさんが大好きですから！　何にせよ、ハインリさんに早く恋人ができるといいですね……！」

ハインリにはどのような人が合うのかと、ファティアは真剣に考え始める。

ファティアはハインリの親戚か何かだっただろうか？

「ハインリの話はこのくらいにして、ファティア、お弁当届けてくれてありがとう。凄く美味しかったよ」

ライオネルは少し寝返りを打ち、ファティアと密着した。

「本当ですか……？　喜んでもらえてよかったです……！」

「ああ、でも。もし今度届けてくれる機会があったら、団員たちには話は通しておくから、直接手渡ししてほしいな」

「いや、でも、流石にそれはご迷惑では……？」

不安げな顔をするファティアに、ライオネルは触れるだけの口付けを落とした。

ファティアは未だにキスに慣れないのか、顔が真っ赤だ。

「何言ってるの。俺の妻で、しかも聖女のファティアが魔術師団に来るのは誰にも迷惑じゃないし、何より愛おしくてしょうがないファティアの顔が見られたら俺が仕事を頑張れる。だからお願い」

「そ、そういうものですか？」

「うん。それに、俺が仕事を頑張ったら、ハインリの負担が減って、あいつも恋人を作る時間ができるかもしれないよ」

「な、なるほど。それなら、絶対に顔を出します……！　ハインリさんのためにも！」

ハインリのためにも、というのはいい気分はしないけれど、これでファティアが顔を出しやすくなるのならば儲けものだ。

「はは、そうして」

ライオネルはファティアの頭を撫でながら、今度は深い口付けを落とした。その頃には、二人の脳内にハインリの姿はなかった。

番外編3　幸せのプリン

ファティアが母の形見を取り戻し、聖女として働くようになってから、丸二年が経った。

一年目は、新たな生活に四苦八苦するばかりだった。

原因の際たるは、聖女として周りに認識されたことだ。聖女として働き、誰かの役に立てたり、誰かの心の支えになれることはとても幸せだったけれど、常に聖女様だと崇められるので、初めのうちは息の抜き方が難しかった。

そんなファティアを支えてくれたのは、第一魔術師団の団長に復帰したライオネルだ。

ライオネルは当初の話通り、ファティアの護衛を担ってくれた。団長としての職務もこなしながらファティアの護衛もこなすのはとても大変だろうに、彼は「ファティアの傍にいられて役得」と言って笑っていた。

——ああ、いつものライオネルさんだ……。

彼の穏やかな笑顔に、ファティアは時折聖女ではなく、ただのファティアに戻ることができたのだ。

それに、新たな家が建つまでの間、アシェルが引き続き郊外の家を貸してくれていた。慣れた家での生活は気が休まり、ファティアは本当に有り難かった。

二年目に入ると、少しずつ聖女としての立ち振る舞いが板についてきたように思う。

ライオネルと間取りについて悩んだ新居も無事に完成し、引っ越しも問題なく終わった。

ライオネルとの新居での生活はとても楽しく、仕事も順調で、ファティアは順風満帆な生活を送っていた――のだけれど。


「もうだめだ……」

とある日の夕暮れ時。

ファティアは帰宅すると、国から支給された聖女のローブを脱ぎ、適当な服に着替えた。

ライオネルは玄関までファティアを送ってから、魔術師団の職場まで戻っていった。今日は新しい魔道具が届くようなので、ライオネルが確認をしなければならないのだ。

ファティアはすぐさま寝室へと足を運び、倒れ込むようにしてベッドに横になった。

「……ん～、眠たい……」

今日はメルキア大聖堂で祈りを捧げ、王都にあるいくつかの病院を回った。

皆の前ではできるだけ元気な姿を見せたつもりだが、本当はずっと眠ってしまいたかった。

（何でなんだろう……。そんなに睡眠時間が短いことはないと思うんだけどな……）

毎日しっかりと睡眠時間を確保しても、日中眠たい。聖女としての仕事に慣れてきて、気が抜けているのだろうか。

けれど、尋常ではない眠さなのだ。ここ二週間くらいは、毎日この眠さと闘っている。

（それに、何だか体が怠いのよね……。火照っているような感じもする。熱というほどではないんだけどな……）

更に、最近では食事にも困っている。

食欲はある……というか、すきっ腹になると気持ち悪くなるので、ちびちびと何かを食べていたいのだが、その際に食べられるものがかなり限定されているのだ。

比較的食べやすいのは、つるりとした冷たい食べ物だ。

例を挙げるとすれば、プリンだろうか。

ファティアの得意料理（お菓子だが）の一つである。

しかし、最近ではプリンを作ることができなかった。

倦怠感や眠気のせいであまり作る気になれないというのも大いにあるが、一番は匂いだ。

作る過程——蒸しているときのプリンの香りが、どうにも最近気持ち悪く感じてしまう。他にも、色々と匂いには敏感になり、気持ち悪さを覚えるようになった。

そのせいで、最近では料理ができていない。

その代わりに、ライオネルがご飯を買ってきてくれている。

仕事が終わったら家で休むことが多く、かなりライオネルに負担をかけてしまっていること
が、ファティアは申し訳なかった。それに、心配をかけてしまうことも。

(聖女なのに情けない……。自分に治癒魔法をかけてみたけれど、一切効果はないし……。一体何なんだろう……。考えなきゃ……だけど、ねむ、たい……)

重たい瞼に抗うが、どうにも勝てそうにない。

ファティアは目を閉じ、眠りに就いた。

◇◇◇

どれだけ時間が経ったのだろう。

目が覚めると、眠りに就く直前は茜色だった空が、既に漆黒に染まっていることに気付いた。

眠気がかなり取れていることからも、眠っていたのは数分程度ではないのだろう。

「……あ、リビングの方から音がする」

どうやら、ライオネルも帰ってきているらしい。

(う……ちょっと気持ち悪い……)

寝起きだからなのか、お腹の中が気持ち悪い。

しかし、辛い体にムチを打ち、ファティアは上半身を起こした。

「ファティア、起きた？」

すると、部屋にライオネルが入ってくる。魔術師のローブから部屋着に着替えているようだった。

僅かに下がった眉尻から、心配が窺える。

手にはトレーを持っており、その上には水が入ったコップがある。

「ライオネルさん、おかえりなさい。それにごめんなさい……。私、帰ってきてから今までずっと眠っていて……何も家事ができていなくて……」

「そんなの気にしなくていいよ。できる方がやればいいんだし」

ライオネルはスタスタとファティアの元まで歩いてくると、ベッドに腰掛ける。

そして、ファティアの頬にそっと手を滑らせた。

「顔色悪いね……。最近ずっと調子が悪そうだけど、大丈夫？　水は飲めそう？」

「はい、ありがとうございます……」

ライオネルから受け取った水をひと口飲み込むと、口の中がさっぱりする。冷えた水は、あまり気持ち悪いと思わなかった。

ライオネルがわざわざ冷やしてくれたのだろうか。

「ねぇ、ファティア。体調が悪くなったり、強い眠気が襲ってくるようになってから、もう二週間は経つよね？」

ファティアはコクリと頷く。

水が半分程度残ったコップをファティアから受け取ったライオネルは、それをベッドサイドのテーブルに置いた。

「……で、聖女の力でも治せなかった」

「はい」

「それでさ、今日アシェル殿下に会う機会があったから、これらを踏まえてファティアの体調不良のことを相談してみたんだ。……で、一つ思い当たる節があるんだけど」

「……！　な、何ですか……？」

ライオネルはファティアの手をギュッと握り、やや緊張の面持ちで口を開いた。

「お腹に赤ちゃんがいるって可能性は、ない？」

ライオネルの言葉に、ファティアは目を見開いた。

「この前アシェル殿下とリーシェル様にお子が生まれたでしょ。リーシェル様の妊娠初期の症状と、ファティアの今の症状がかなり似てるってアシェル殿下に聞いて」

「にん、しん……？」

そう言わてみれば……。

「……有り得るかもしれません。もう二ヶ月は月のものが来ていなくて……」

「……！」

「それに、アシェル殿下の仰る通り、今の私の症状はリーシェル様が妊娠していらしたときととても似ています。……何で今まで気付かなかったんでしょう……」

というのも、ファティアは以前から月のものの周期がかなり不規則だった。それこそ、数ヶ月来ないこともあったのだ。

そのため、妊娠の可能性を無意識に頭の中から除外していたのだ。

「ここに、私たちの赤ちゃんが……？」

確証はないが、可能性は高い。

ファティアが自分のお腹を優しく擦りながら、無意識に頬を綻ばせると、ライオネルが力強く抱き締めてきた。

「ファティア……！　やった……！　俺たちのところに赤ちゃんが来てくれたんだ……！」

「ラ、ライオネルさん……！　まだ確実じゃありませんからね……!?」

「いや、絶対そうだよ。……絶対そうだ……！　男の子かな？　女の子かな？　どっちにしても、俺たちの子なら可愛いに決まってる……！」

珍しく大きな声を上げるライオネルは、どうやらかなり高揚しているらしかった。

まだ確実に身籠もっていると決まったわけではないけれど、こんなふうに喜ばれて嬉しくないはずはない。

ファティアはそっとライオネルの背中に手を回した。

「ふふ、先走りすぎですよ、ライオネルさん！　でも、もし私たちのところに赤ちゃんが来てくれたのなら、本当に嬉しいです……！」

「うん。俺も本当に嬉しい。明日は午前中の仕事は休みにしてもらって、病院に行こう。俺も付き添うから」

「分かりました……！　そうしましょう！　……って、うっ……」

喜びはつかの間、襲ってくる不快感に、ファティアは顔を歪めた。

「ファティア、大丈夫……!?」

ライオネルはファティアから腕をほどき、彼女の顔を確認した。

「……っ、多分、起きてから水しかとっていないからだと思います……。何か胃に入れたら、この気持ち悪さも少しは治まると思うんですが……」

「分かった。じゃあ、プリンなら食べられそう？」

「プリンですか……？　多分食べられると思いますが、買ってきてくださったんですか……？」

ライオネルは首を横に振ってから、ベッドから立ち上がった。

「実は、帰ってきてから急いでプリンを作っておいたんだ」

「えっ？」

「最近、ファティアがプリンなら食べられるみたいだったから。本当は、近くの店で買ってこようかと思ったんだけど、今日は定休日で」

「で、でも、ライオネルさん、料理は全くできないじゃないですか……」

結婚する前から、ライオネルは率先して家事をしていた。

けれど、料理だけは苦手ということで、ファティアを手伝うことはあっても、一人で作ったことはなかったというのに。

「ファティアと何度か一緒にプリンを作ってたから、大体の分量や手順は覚えてたんだ。一応、形にはなった」

「す、凄い……！」

「……ま、美味しいか分からないけどね。そろそろ冷えた頃だと思うから、一回味見してくる。あんまりだったら、意地でもファティアが食べられそうなもの買ってくるから安心して」

それからしばらくして、ライオネルがいまいちと称したプリンを、ファティアはもぐもぐと食べ始めた。

「ごめんねファティア。俺もっと練習する」

確かにライオネルの言う通り、正直味はいまいちだ。

おそらく、ファティアが作るものと分量が少し違うのだろう。

蒸し時間も違うのか、プリンの感触も普段とは違う。

……けれど。

「いえ、とっても美味しいです……！」

ライオネルが自分のためにと作ってくれたプリンは、この上ないくらい幸せな味がした。

あとがき

皆さん、こんにちは。作者であり、二児の母、櫻田りんです。

このたびは、数ある本の中から拙著『棄てられた元聖女が幸せになるまで～呪われた元天才魔術師様との同居生活は甘甘すぎて身が持ちません!!～②』をお手に取ってくださり、ありがとうございます。


完結巻である二巻、いかがだったでしょうか？

本編はもちろん、後日談を書くのがとても楽しかったです！　結婚式や、ファティアとライオネルの子供ちゃんたちのお話も書きたかった……！（またどこかで機会があれば！）


さて、比較的穏やかな一巻からの怒涛の展開な二巻！　主役の二人が相変わらず甘々なのはお約束ですが、アシェルとリーシェルの関係が個人的にはとても好きでした。書いているとどんどんアシェルたちの設定やら会話が広がってきて、抑えるのが大変でした。

あとはやっぱりハインリ……！　ずっとハインリを書いていたかったというくらい、彼は書きやすかったです。勝手に心配したり、騒ぎ出したり泣き出したりと、忙しない彼が好きだったという方は、是非教えてください……！（共にハインリについて語りましょう!!）

そして、イラストについて。

一巻に引き続き、今巻もジン．先生に表紙と挿絵を担当していただきました！

もうね、表紙を見たときはテンションが上がって「うふぉぉぉぉ！」と叫んでしまいましたよ。本当に素敵なんだもの……。もちろん挿絵も！　皆さんのお気に入りはどれでしょうか？（よかったらファンレターに書いて教えてください……！　待ってます!!）ジン．先生、本当にありがとうございました。

そういえば、コミカライズ企画も進行中ですので、続報をお待ちくださいね！

では、ここからは謝辞になります。

本作を拾い上げていただいた『ハーパーコリンズ・ジャパン、プティルブックス』のご担当者様及び関係者の皆様、実務担当の編集様、美しいイラストを描いてくださったジン．先生、本作が書店に置かれるまで尽力してくださった皆様、そしてウェブで応援をくださった読者の皆様、本当にありがとうございました。

家事育児を共に励んでくれた旦那様、いつも癒やしをくれる子供ちゃんたちも本当にありがとう。（子供ちゃんたち、保育園頑張ってくれよな！）

最後に、本作が皆様の心に少しでも癒やしを届けられますように。皆様がほんの少しでも、優しい気持ちになれますように。

そして、この本をお手に取ってくださいましたあなた様。改めまして、ありがとうございました。

プティルブックス

棄てられた元聖女が幸せになるまで 2
呪われた元天才魔術師様との同居生活は甘甘すぎて身が持ちません!!

2024年7月28日　第1刷発行

著　者　櫻田りん　©RIN SAKURADA 2024
発行人　鈴木幸辰
発行所　株式会社ハーパーコリンズ・ジャパン
東京都千代田区大手町 1-5-1
04-2951-2000（注文）
0570-008091　（読者サービス係）
印刷・製本　中央精版印刷株式会社

Printed in Japan K.K.HarperCollins Japan 2024
ISBN978-4-596-96118-1

※この作品はフィクションであり、実在の人物・団体・事件等とは関係ありません。

※本作はWeb上で発表された小説『棄てられた元聖女が幸せになるまで～呪われた元天才魔術師様との同居生活は甘甘すぎて身が持ちません!!～』に、加筆・修正をしたものです。